大展好書 好書大展

休閒娛樂
51

異色幽默

幽默選集編輯組

大展
出版社有限公司

目錄

第一章　小時的回憶

數

安徒生老師告訴小朋友，上課時想要上廁所的手勢。

「要聽清楚喔！豎立一隻手指表示尿尿，豎立兩隻手指表示要大便。」

學生們點點頭……然後就豎立手指表示要上廁所，一切都很安靜的進行。

過了兩個星期，某一天安徒生老師發現矮個子的強尼好像發了痛似的揮著手，老師就問他：

「強尼，你怎麼了？」

「老師，請你告訴我手指頭的數目。」強尼這樣說：「我現在快要放屁了！」

絕對題

安徒生老師教小朋友「絕對」兩個字的用法。

「請小朋友們以『絕對』造句，」老師說：「做好了請舉手。」

露西舉手說：「天空絕對是藍色的。」

「做得好，」老師說：「但是天空並非絕對是藍色的，有時灰，有時候則因夕陽而成為紅色，所以不可以說天空絕對是藍色的。」

迪普舉手說：「草絕對是綠色的。」

老師說：「但是草枯了時是黃色的。」

小個子強尼一直舉手，老師雖然不願意叫他，可是當時沒有其他小朋友舉手，只好叫強尼。

強尼問：「老師，有沒有塊狀的屁？」

「強尼，你為何問這種事？」老師莫名其妙地回答：「當然沒有。」

強尼開心地回答：「喔！那在我褲子裡的東西絕對是大便！」

觀　察

安徒生老師上理科的課。

「大家知道有毛的生物嗎？」

全班學生都舉起手。

「老師，貓」優等生肯尼說。

「很好。」老師說。

「老師，狗。」瑪莉也回答。

「不錯，狗有毛。」

老師向教室各處望望，小個子強尼一直舉著手，老師雖然不太願意指名他，但是也不得不同意強尼發言。

「強尼你知道哪一種生物有毛？」

「保齡球。」

「保齡球？它沒有毛也不是生物！」

「那麼，保羅，把褲子脫掉讓老師看球！」強尼叫了班上個子最高的少年。

自衛

「男孩子要抓住女孩子的手，知道為什麼嗎？」老師說。

「那是當然的，為了自衛嘛！」強尼說。

缺乏那一種勇氣

下課休息時間，小個子強尼在玩戰鬥機機員的遊戲。

「我是美軍的飛行員，現在是在三萬英呎的高空。」他模仿飛機引擎的聲音說。

看了這種情形的瑪莉說：「強尼，怎麼不讓我上去！」

「等一下，我先降落再讓你上來。」強尼用手假裝關掉引擎。

瑪莉坐到強尼後方。

「要繫緊安全帶，」強尼說：「我是美軍飛行員，現在要起飛了！」

強尼檢查了儀器，開了引擎，咻一聲，飛機高高地起飛。

但是到了高度三萬英呎時，瑪莉就說要尿尿。

「我們現在在敵人的領土內飛行，稍微忍耐一下。」強尼溫柔地說。

結果在強尼的腳下產生了黃河，他轉頭一看，發現瑪莉拉下了內褲，看到她可愛的小屁股。

「哎呀，你的小屁股好可愛，能不能讓我摸一摸。」強尼說。
瑪莉點了點頭，強尼輕輕地摸了這小屁股。
「強尼你可以親它。」瑪莉說。
「我……，我不是真正的飛行員。」強尼不好意思地說。

聰明

強尼說：「我知道女孩子的某個地方，經常露出一條條的緞帶。」
邦尼好奇地問：「什麼地方？」
「頭髮。」

痛

十二歲的強尼要手術扁桃腺。
強尼被麻醉躺在手術台期間，他父母商量順便請醫師割包皮。
他妹妹一星期後也要割掉扁桃腺，她問了從醫院回來的強尼：「痛不痛呀？」

這不是做醫生的遊戲，而是有關性顧問的遊戲。

「扁桃腺的手術一點也不痛，不過後來要尿尿時就痛的不得了！」強尼說。

目的不同

南西要製造醃桃子，所以告訴兒子強尼去附近的雜貨店買密封用的橡皮。

強尼馬上買回來，但是他買了種類和用途都不同的保險套回來。

「怎麼買這種橡皮？……」南西頗傷腦筋。

「強尼，對不起，能不能把這東西拿去換？」他如此說。

「告訴他是要製造瓶裝桃子的橡皮，不是小黃瓜用的。」

第二章　思春期

小女懷春

珍妮的父親是大牧場的主人，有一天父親負了不少債務，牧場快要被他人買去。

青春美貌的珍妮，為了挽救心愛父親的牧場而下海。

當天晚上，她把純潔的身體交給貪婪的高利貸者。

隔天早上，他去找擁有第二批押權的金主。

不　行

試管嬰兒權威教授對醫學院學生授課，他拿了一隻試管給學生看。

在試管裡頭，有卵子。

教授再拿另一隻試管說：「這裡頭有精子，把兩隻試管混合，就會產生生命。」

「現在可否混合給我們看？」坐在後排的一位學生問。

教授回答：「現在不行，卵子說頭痛。」

實例

物理課，教授以熱和冷的差異詢問學生。

「熱會讓物體膨脹，冷會使物體收縮。」有一位學生如此回答。

「那麼，舉一個例子吧！」

「好的，教授。」學生回答：「當她用熱情的眼睛看我的某一部份時，我的某一部份會膨脹，但是用冷淡的眼睛看時，就會收縮。」

祈禱

高中生小楚因為是星期天在家沒事做，所以在床上自慰，就在那個時候，她打電話來，邀他去郊遊。

兩個小時後，他就和他心所愛的女孩一起坐在森林樹叢中，這個女孩很明顯地要和他發生關係，但是小楚的東西因為早上自慰過了，怎麼樣也不起勁。

「神啊！請你接受我的請求，我下個星期一定去教會，現在你一定要給我力量。」小楚祈禱著。

他向著天，閉著眼睛祈禱，就在那當兒，一隻鴿子對著他展開的手掌掉下一大粒鳥糞。

「喔！天啊！不要給我糞，我需要硬起來，別跟我開玩笑。」少年哀求。

誤會

那一天，麥克的約會對象是位性感的女孩，腦筋也很好，非常有氣質，兩個人很投機，一切進展都很順利，快到午夜時，麥克終於鼓起勇氣說：

「卡洛琳，我怕頭一次約會這樣做太大膽……」然後小心翼翼的問：

「能否讓我吻你？」

就在此時，卡洛琳小聲地說：「你是不是要和我交換體位。」

同床異夢

一個安靜的夜晚，一對老夫妻坐在陽台的安樂椅上看著星空。

「老伴，我覺得好傷心。」丈夫說：「想想咱們的女兒都已埋在墓地裡。」
「沒錯，」妻子回答：「我覺得死了反而比活著好。」

刻印

蘇珊對醫生說：
「我昨夜和未婚夫在家附近的墓地散步，那真是個寧靜而美麗的夜晚，但是今早醒來，背部感覺非常痛。」
醫生要蘇珊脫掉衣服，檢查她的背部。
「醫生背部是否有異常？」蘇珊不安地問。
「背部沒啥問題。」醫生回答。
「但是你的皮膚上印著一九三七年死去。」

約會

約會回來的小莎對室友凱西說：

「他並不是正式的向我求婚，但是可以說是徹底的探索。」

非常擔心

年老的婦女向醫生要避孕藥，按照她的說法是因為非常擔心，晚上睡不著。

「要避孕藥嗎？」醫生吃驚地說：「不過你已七五高齡，為何還擔心這種事呢？」

「我準備放在孫女的葡萄柚汁裡，這樣的話，就可以放心了！」

事情

「蘇珊，你最近好像變胖了。」母親對交不上男朋友的女兒說。

「是呀！媽，老實說，我懷孕了。」女兒回答。

「什麼？你怎麼懷孕的？」母親吃驚地問：「你從未和男孩子約會呀？」

「是啊，但是我訂購了電動按摩棒。」蘇珊說。

「你用了嗎？」母親說。

「當然沒使用，」蘇珊說：「因為送貨員告訴我不要用那種東西。」

未婚媽媽

波蘭人的母親安慰未婚的女兒：

「瑪莉亞，用不著擔心，說不定肚子裡的小孩不是你的孩子！」

父親的愛

彼得經營一家食品店，一天晚上，經過女兒的房間時聽到奇怪的動靜，他的女兒雖然年紀相當大，但仍然未婚，彼得偷偷地從鑰匙縫看，發現女兒用香腸自慰。

隔一天女兒就把這根香腸若無其事地吊在店中，有一個顧客指了那一條香腸問：

「那個香腸多少錢？」

「那是非賣品，」彼得回答：「它是我的女婿。」

女兒的爸爸

「安兒你坐在這裡，」約翰對女兒說：「我不想嘮叨，你的男朋友在你的房間待多久，待到天亮也沒關係，但請你告訴他，回去時不要把早報帶走。」

當　然

社會學的教授正在上課：

「最近美國總統接到一份報告，這份報告非常可愛，根據報告，我國的成年女性有97％不是處女，他對這個事實感到很驚訝，而且寫信給保持處女的3％的女性，黛絲小姐，你知道總統信中寫什麼？」

黛絲說不知道。

「真的？那你沒有收到信了！」教授說。

處女羊毛

農夫的兒子問父親：「爸，你年輕時曾當過牧羊人，所以大概知道所謂的處女羊毛囉，那是哪一種羊的羊毛？」

「處女羊毛嗎？」父親說：「那是牧羊人沒有用過的羊的毛。」

第三章　結婚的那一天

洞房之夜

洞房之夜，新娘不斷地說：

「我不敢相信，真的不敢相信，我們真的結婚了？」

「等一下，等我把這可惡的鞋帶解開，這樣的話，你馬上就知道是不是真的結婚了！」新郎回答。

母親的指示

洞房之夜，新娘已脫衣服上床。

新郎也脫掉上衣、襯衫、領帶，但是到了鞋子的地方就碰到了麻煩，因為鞋帶解不開，愈弄愈連在一起。新娘著急地說：

「還要等多久，那兒有小刀，用小刀切斷吧！」

新娘的母親為了要了解一切是否順利，便在隔壁房間偷聽，當聽到新娘如此說，便大叫「不行，不可以用刀子，」她隔牆說：「告訴他，塗上一些口水，用力的插進去就可以。」

馬上見效

進洞房以前，女兒擔心地說：

「媽媽，我很煩惱，麥克以為我是處女，我想他一定會很失望，如果他知道我的那兒已變那麼大，怎麼辦呢？」

「不用擔心，」母親告訴她：「我已替你準備好明礬，把明礬塗在那兒，那地方就會收縮而變緊，如此一來，麥克便會相信你是處女。」

隔天作丈母娘的非常擔心，就在旅館大廳等新婚夫妻，新郎先出來。

「早安，麥克。」丈母娘說。

「早—早—安……」麥克縮著嘴回答。

體育的效果

洞房花燭夜，詹姆有疑問，他說：

「你既然是處女，為何能巧妙地運用腰呢？」

「我學過體操，」新娘回答：「上體育課時，就在屁股下面舖著墊子，必須在墊子上寫38％，否則會被當掉！」

從前端算起的長度

新婚階段的丁小姐問老醫生：

「醫生，我有一件事想要請教你。」她不好意思地說。

「男人那玩意兒的前端部分，正確的說叫啥？」

老醫生回答：「普通叫龜頭。」

「那麼，離龜頭30公分後方的兩個圓東西叫什麼？」丁小姐又問。

「在30公分後方的東西嗎？」老醫生瞪著丁小姐，「我雖然不知道你老公是何種人的體格，但是我把那種東西叫做屁股。」

「神父！如果出現了比他更好的男性怎麼辦呢？」

柿子

快要結婚的蘇珊向好友南西請教結婚當天的經驗。

「如何讓新婚之夜留下終生難忘的回憶？」

南西回答：「結婚典禮完，要給他吃一打柿子。」

一個星期之後，蘇珊向南西報告：「有效的只有8粒，」蘇珊抱怨地說：「其他四個無效。」

媒人

經由猶太人的婚姻介紹所撮成的新人克拉克夫婦，在尼加拉瓜過洞房之夜。

隔天早上，下來旅館大廳的克拉克夫人打了長途電話。

「喂，喂，××介紹所嗎？請所長聽電話，」夫人說：「所長，我想告訴你，你真是吹牛大王，像針一樣小的東西也說成棒子大的東西。」

交替

「那個當棒球教練的強尼，新婚之夜腳踝扭傷了。」佛烈德說。
「是嗎?然後呢？」哈利問。
「所以，他派人代打。」佛烈德回答。

加州男孩

從加州來的新婚夫妻在明尼蘇達州的湖畔露營。
新娘說：「我要脫光衣服做日光浴，給這裡的鄉巴佬一點刺激。」
「好吧!只要你喜歡，沒什麼不可以。」新婚丈夫說：「我去上廁所。」
過了約20分鐘，丈夫回來，發現妻子的一邊乳房被塗成綠色，一個被塗成紅色，而屁股被塗成藍色。
「發生什麼事？」丈夫問。
「還不是那些鄉巴佬幹的事，他們說在這裡不可以裸體，所以給我塗成這樣。」
「他媽的!這些鄉巴佬，」丈夫說：「我要給他們一點顏色瞧瞧!」

他生氣地往明尼蘇達州的男人之處跑去。

「哪一個把我老婆漆成那樣？出來吧！」

「是我！」手拿著棒球棍，有7英呎高的男人以可怕聲音回答：「找我有事嗎？」

「沒事，沒事！」加州男生回答：「只想告訴你油漆已乾了！」

修鬍子

A太太快要生產，醫生叫A先生顧用護士陪A太太。

「不行，太貴了，我不想花多餘的錢。」A先生回答：「護士能做的事，我也能做。」

醫生說：「好吧！你幫你太太剃除體毛。」

A先生便在太太的那兒塗上肥皂，拿出自己的修鬍刀子開始剃毛。

「我快不行了，哎呀！快生了。」陣痛開始的A太太嚷叫著：「A呀！好了沒？」

「快好了。」A鼓起右臉頰給他老婆看，「這一次要把這一邊剃了！」

第四章　女人的青春

忠　告

「聽說你今晚要和那個經理一起出去？」小約對瑪姬說：「他可是條大色狼，他會將人家的衣服撕破！」

「謝謝的你的忠告，」瑪姬回答：「我會穿舊衣服去。」

表面上而已

年輕的少女蓓蒂和安娜躺在海邊沙灘上，看著運動員身材的年輕男性展示肌肉。

「我喜歡那種型的男孩！」蓓蒂說。

「不過，那很難說，你要小心，」安娜回答：「我有一位朋友和一位擁有兩座車庫的人結婚，然而車庫中只有一輛舊腳踏車！」

慶祝結婚

瑪沙給好友送結婚禮物，在卡片上寫著：「親愛的梅，為了慶祝你結婚，特別送你這種潤滑膏，別小看它，這東西對開放緊縮狹窄的東西非常有用！」

禮物

二十一歲的瑪莉和八十七歲的男士結婚，一干女友一起出錢買禮物送她，禮物的內容是：「自助」的道具一套。

磨練

從大學畢業之後已好幾年，目前已有做事經驗的兩個同學偶然地碰頭：

「哎呀！你是蘇嗎？」凱西好像要評估對方的身材那樣說：「你的身材相當好，完全沒有肥肉，比以前苗條，有啥秘訣呢？」

「可能是保養的結果，」蘇回答：「我像房子一樣保養自己的身體。」

「什麼叫和房子一樣？」

蘇珊叫著說：「一個星期兩次，請負責清潔的年輕男孩來！」

經驗豐富

南西和瑪莉兩人都離了婚，過著單身生活，她們倆人在聊有關男人的事。

「你喜歡哪一種男生？」南西問：「是不是一見面就馬上想要做愛的男性或不會這樣的男性？」

瑪莉回答：「有不想做愛的男人嗎？」

天才和女人

利用生物學開發新食品，突然受到一家成長快速的公司重視，他們徵求有新點子的年輕研究者。

從MIT（麻省理工學院）選出一個以天才出名的二十五歲生物學者：柴納博士，他利用會促進植物生長和腐敗的植物性荷爾蒙，研究防止或促使人的老化，如果順利，他將可以得到諾貝爾獎，而發大財，公司給他很多研究資金和研究室。

他熱心地研究，一年之後，他終於有更大的突破，滿臉鬍子的博士擦著發紅的眼睛，而研究室中只有現年三十歲，負責洗試管的瑪莉和博士。

「哇噻！我終於發現了」博士大聲地對瑪莉說：「有了這種東西，你也不會老了！」

「我不需要那種東西，」她不感興趣地回答：「反正我在結婚以前不想老。」

做不到

電影導演指示：「在這裡妳要像個處女！」

「你以為我是誰？」女演員頂嘴：「我又不是演技派演員，攝影師是我前夫，照明師是我以前的情人，現在演對手戲的又是我現在的同居人！」

高的聲音

音樂評論家誇獎歌劇女高音：「你能唱多久升Fa的高音？」

「經紀人溫柔地用針刺我皮膚時！」

安全適合

少奶奶南西去五金行，她拿起了標價二・五九美元的門把鎖。中年的店員走過來，她因為喉嚨發炎而聲音微弱。

「太太，你覺得這門把鎖如何呢？」她輕聲問。

「完全適合我。」南西同樣以細語回答。

壓住

「假使男性襲擊了我，」一個老處女問柔道教練：「請你告訴我，那時要如何才不會讓他跑掉？」

摩擦

親切的醫師告訴兩個老處女host club（男侍招待女客的hotel）的地址，兩個人走去時，在途中有一家理髮店，理髮店的老闆在後頭燒廢棄的頭髮。

「等一下，」聞了這氣味的一位老處女說：「我們是不是走太快了？」

不及格

在舞會碰到美女的哈利說：「讓我送你回家，我絕對不會親你，也不會摸你，我會表現紳士風度。」

「聽到你這麼說，」美人回答：「我不想讓你送了！」

化妝舞會

在紐約坐計程車的尼姑告訴司機要去對岸的布魯克林。

「我當尼姑已二十年，」他開始說：「一直守著戒律，所以還是處女之身，但我真想偷情一次，但必須有三點條件，第一，此男人未婚，第二，沒有同居人的單身漢，第三，因為我是處女，我希望用後面的洞……」

計程車司機回答：「我完全符合條件，我尚未結婚，而且我喜歡用後面的洞。」

所以兩個人把計程車停在黑暗的巷中，等到再上高速公路時，司機說：

「對不起，我騙你，我已結婚了！」

尼姑說：「我也老實招來吧！我叫喬治，正要趕往化妝舞會的途中。」

酒

單身漢哈曼把一個年輕的小姐帶進自己的房間，他問：「你喜歡雪莉酒或威士忌？」

「我要雪莉酒，」小姐回答：「喝了雪莉，好像有很多小提琴在耳邊演奏。」

「如果喝威士忌會怎樣呢？」哈曼好奇地問。

「對男人不感興趣！」

M&M

在高速公路開車的P，發現一位年輕女孩豎立拇指表示想要搭便車，這個女孩的衣服，在胸部大大地寫著M&M。

P認為這個女孩可能是蒙大拿梅爾威大學的學生，雙峯豐滿，是個尤物。

如P所料想，這女孩很好引誘，後來他把車停在樹林中，開始擁抱接吻。
他仔細地沿著衣服摸下去，觸摸到像球般的胸部，再往下，他的手來到泉水之處，她並沒有表示不願意，但是泉水乾涸，他的手不停地挖空井。
「喂！」P問：「M&M小姐，你覺得如何？」
「你沒聽過嗎？M&M只溶你口，不溶你手。」女孩回答。

吵架的結果

女性們坦誠地談天，莉莎告訴大家有關她男朋友的事。
「我們經常親吻，」莉莎說：「但是沒多久之前，我們大吵了一架，有二星期不說話，不過現在好了！」
「那你們是不是和以前一樣常親吻？」一個女孩問道。
「和以前不同，」莉莎說：「他現在只會親那地方而已！」

演奏家

「聽說他是在管弦樂隊吹法國號。」好久沒見面的安對瑪莉說：「他對你好嗎？」

「好！」瑪莉生氣地說。

「怎麼回事？」

「也沒啥不滿啦！」瑪莉說：「但是有一件事令我覺得怪怪的。」

「什麼事？」

「他親我時，老想將手指插入我的皮膚中。」

爛醉

年輕的女孩進來要了庫爾牌啤酒。

「我們這兒沒有賣庫爾牌啤酒，」酒保說：「我建議您用休利茲牌。」

「好。」女孩點頭，她一杯一杯地喝下，直到爛醉。

酒保和在場的兩個客人互相用眼睛打暗號，他們把女孩抱到隔壁房間的沙發上，輪流對女孩施暴。

後來女孩醒來，搖搖晃晃回家。

同樣的事，連續了兩夜，女孩要庫爾牌，然後就換成休利茲牌，大口大口地喝到不醒人事，如此一來，那幾個男人就做同樣的事。

第四天晚上時，女孩又來了，當酒保問她要不要休利茲牌啤酒時，女孩搖頭：「不行，我不喜歡那種啤酒，喝了那種啤酒大腿會痛。」

收藏品

傑克在單身漢酒吧所認識的大美人莉莎的住所，兩個人過了浪漫的一夜。

「你要錢嗎？」

「不要，」她說：「我不會要朋友的錢，不過如果你一定要給的話，能否買瑞士刀給我？」

「你收集這種奇怪的東西？」他說：「有啥理由呢？」

「女人年輕時能得到任何男人，」她說：「但是年紀大了之後，男人就不感興趣了，你可能知道，童子軍男孩若為了得到瑞士刀，啥事也願意做！」

分手感覺難過

南西遭遇了強暴，她同時被全體足球隊輪暴。

新聞記者採訪了她：

「那真是可怕的回憶，在其中，何事令你最難過？」

「那就是比賽時間將近，他們要坐巴士時。」南西回答。

她的點子

非常喜愛性愛的C小姐發現自己得了絕症，不久將死的事實後，對男朋友之一的隆說：

「我死了以後，要用紙做的棺材埋我。」

「你為什麼說這種話呢？」隆問：「你適合銀製把手的紅木棺，怎麼可以用紙做的！」

「但是，紙做的東西就能把它撕破處理掉。」C小姐回答說。

毛皮的感觸

大衛和哈利在去農場的途中，偶然地發現鄰家寡婦菲菲在整理院子，她蹲在草莓園中，熱心地整理，但是因為衣服太短，露出了沒任何東西掩蓋的有魅力的部分。

「可能是偉大太陽的恩賜，」大衛感嘆：「失去了此一大好機會，將是人生的一大憾事。」

他就把褲子拉下來，從寡婦的後方撲上，騎在上頭，但是她毫不理會，繼續整花草。

「這次輪到我了。」長工哈利說著，對著寡婦可愛的東西襲擊，而且快速運動，但是她一點也無動於衷！

就在此時，一隻大熊從森林中慢慢地出現，熊喘著氣求她把雙腿張開，而騎在她豐滿的臀部，結束之後，熊就消失在森林中。

菲菲寡婦此時才伸展了身體，眼睛泛濕閃著光亮。

「穿毛皮大衣的那個紳士到底是何人?」寡婦說:「忘了問他電話號碼!」

日行一善

帕普參加了童子軍,他為了要日行一善的材料,站在路口,而發現一個臉色不太好的女孩站在人群中。

「要橫越馬路嗎?我幫你。」帕普說。

「謝謝!」女孩回答:「我住在山那邊的一棟大廈,我有童子軍男孩一定想要的笛子,要不要到我房間看看?」

於是十五分鐘之後,帕普和女孩在床上熱情地……

「糟糕,」帕普邊穿褲子邊說:「天黑了,我尚未日行一善。」

「寶貝,別擔心那種事,你已做了今天的善事!」女人風情無限地回答。

第五章　男人的嘆息

游泳教練

「我想要教女性游泳，」麥克說：「什麼才是最好的方法？」

「首先左手抱著她的腰，右手抓著她的左手，輕輕地仰臥。」剛剛獲得游泳教練資格的丹回答。

「但，對方是我妹妹呀！」麥克說。

「原來如此，」丹回答：「那最好的方法是把她扔入海中。」

帶盆

「昨天晚上我在那位小姐面前演奏了小提琴，還唱了歌。」蓋瑞得意地說：「結果那位小姐從二樓扔花給我。」

「真的嗎？那你頭上的瘤怎麼來的？」朋友問。

「問題出在這裡，」蓋瑞說：「花是她老爸扔的，連花盆也扔下來。」

蟑螂

「發生一點誤會，所以……」喬對自己使用枴杖做了說明。

「什麼樣的誤會？」別人不解地問。

「是這樣的，」喬回答：「昨天我和她到高級餐廳吃晚餐，我們坐下點了豪華的食品之後，她發現湯中有蟑螂。」

「為什麼會這樣，」比爾說：「她怎麼了？」

「她大聲叫著。」喬回答：「等一下，把這『蟑螂』扔出去。」

「結果，侍者就從樓梯把我扔出來。」喬說。

夢

「我昨天晚上做了好夢，我一個人打高爾夫球，一桿進洞。」佛烈德說。

喬說：「我也做了好夢，我一個人睡時，來了五個年輕的小妞，而且全都裸體，所以我……」

「什麽？五個？」你為何沒找我？」

「找過，」喬說：「但是你已經去打高爾夫。」

咒

三個年輕人在海岸舖著木板的小路散步，從前方來了一個露出大腿的女孩，其中兩個年輕人吹著口哨，只有小奇一個人立刻朝相反方向跑掉，過了兩三天，三個人又在同樣的路上散步，上一次遇見的那位女孩穿上空泳衣走過，兩個人吹口哨，吃她豆腐，可是小奇卻溜了！

再過幾天，三個人又碰到那女孩，她光著身子走來，小奇臉色大變想要跑掉，兩個同伴抓住了他，「你為何一看到性感的女人就跑掉？」

「我媽媽說如果看了女人的裸體，我會變石頭，沒錯，我身體的某一部分開始變硬了，讓我走！」小奇發抖地說。

一見鍾情

離開基地途中，年輕的阿兵哥路易對朋友說：

「今天一定要一見鍾情，因為我只有八小時的假！」

高興的回答

小詮是鄉下長大的年輕人，他對年輕女孩抱有極大的幻想。

「我決定到好萊塢去，因為聽人家說，在好萊塢成名前的男性，可以儘情地享受性愛。」他下了極大的決心。

他站在好萊塢的一條大道上，然後叫路過的女人停步。

「喂，小姐，要做愛嗎？」

年輕女孩們一聽，二話不說就一記耳光給小詮。

不久，他在巴士招呼站看到一個女孩子。

「喂，親愛的女孩，要不要和我睡？」

這可愛的女孩也給他一巴掌。

到了黃昏時，他垂頭喪氣，心想再試一次吧！就自告奮勇去好萊塢。

這一次遇到的是豐滿的金髮女郎。
「嗨！美麗的小姐，我們到汽車旅館去享受音樂如何？」
她瞄了他一眼，就用嘲笑的語氣回答：
「您想吃天鵝肉！」
小詮一聽，如同觸電般地站著，她不解地問：
「為何呆呆站著？」
「喔！這是今天我所得到的所有回答中，最文雅的回答！」小詮說。

國民性

荷蘭的少年，把手指插在洞穴中防止洪水的氾濫，而成為國民的英雄。
加州的少年，把手指插在洞穴中，被她踢，還被罵混蛋。

希望

舊金山的××百貨公司，男性用品專櫃來了一位年輕男人，他發現有一位美麗的售貨員站在櫃檯邊時，就大步地走過來說：

「早！」

「請問先生要買什麼？」售貨小姐微笑地問。

「我希望雙手抱著妳，舔著妳，……我要買領帶。」

冷凍室

到寵物店去買鸚鵡的一個獨身女子，買完東西就回來，並將買回來的東西放進鳥籠，此時鸚鵡忽然高聲說：「讓我抓緊你的乳房！」

「是誰那麼討厭，教你這些下流話，」這個女人罵完之後又教鸚鵡說：「玻里最愛吃甜點。」

鸚鵡又說：「讓我抓緊你的乳房！」

「閉嘴，以後再說，我就要把你放進冷凍室內。」女人嚴厲地罵著。

「讓我抓緊你的乳房。」鸚鵡又這樣說。

這個女人一氣之下，就把鸚鵡放進冰箱，經過一個小時，他打開冰箱。

「知道了吧！以後不准再說這種下流話！」

「喂！讓我抓緊你的乳房！」鸚鵡又說。

這女人一氣之下就又關上門，兩個小時之後再開門，鸚鵡已快被冰凍了。

「知道我的厲害了吧？」她說。

「讓我抓緊你的乳房。」鸚鵡又說，女人一氣之下又關冰箱，而鸚鵡則看了冰凍室的火雞，問：「你為什麼關在這裡？一定是說她性器被你舔才被關在這裡。」鸚鵡自言自語。

加薪

在擠得像沙丁魚般的地下鐵，一個美麗的女性上班族大聲地向後面的男性說：

「請君子自重，不要隨便用東西刺我！」

「這可是我的薪水袋。」後面的年輕男性回答。

「你從事的工作真是與衆不同，從上車到現在已加薪三次了！」女人反駁。

女人心

馬克斯含著淚。

「喂！葉麗亞，你為什麼一直跟我在一起呢？為什麼我每次邀請你都接受呢？為什麼我每一次邀請你時，就和我一起去郊遊呢？為什麼每天晚上要跟我去看電影呢？已和其他男人結婚了，為何又要和我擁在一塊呢？」

葉麗亞一聽就用不好意思的表情回答：「我在考驗我丈夫對我是否真心，才不得不如此呀！」

勇士與美人魚

這個勇士的名字叫「如何啊？」經過了各種冒險之後，勇士終於在一座孤島遇見了美麗的美人魚。

「如何啊？」勇士自我介紹。

「這的確是個很好的詢問。」美人魚回答。

質問

在法國的鄉下，有一名叫歐賽羅的騎士，他的武藝相當好，同時內心充滿熱情，非常有情調，他不願意討粗壯的女人當太太，為了尋找天姿國色的美人，就出外去追尋，每到一個地方，都除暴安良，因此征服了許多美女，歐賽羅的知名廣傳遍天，但卻始終無緣碰到令他傾心的美女。

有一次他由熱那亞乘船朝東方而來，因為他想見見穿和服的美女，可是船從港口出發，第三天就遇到暴風雨，船被吹翻，不過他幸運並沒死，而漂流到孤島。

他在這地方竟然遇到了絕代美人，那就是住在此島的人魚公主。

他一直看著美人魚的臉而自我介紹「歐賽羅」。可是這聲音被海風吹散，海浪干擾，變得不清楚。

「你，歐賽羅。」

「對，問得好。」美人魚如此回答。

值得紀念的夜晚

在酒吧裡，一個男人被電視節目迷住，電視畫面上呈現著太空船第一次登上月球時的場面，因為這個人簡直看得好像發瘋似的尖叫，酒保就過去問：

「先生請你不要窮叫。」

「我十年來一直向我女朋友要求晚上同房，可是我的女朋友如何回答，你知道嗎？她說只要月球上有人，她就願和我睡覺，而我今晚已親眼看到有人在那邊！」

期待與不安

珍算是一個心理學者，她以「貧困家庭的性交頻度」為題在此收集資料，所以他得到有關當局的准許，請人們集中在一起，「請各位放輕鬆，對我問的話，請老實回答，因為我需要正確的資料。」

「請問一天最少進行一次的人請舉手？」她開口問。

她看到好幾個面露神奇表情的人舉了手，珍就把這幾個人記在筆記本上。

「那麼一個星期進行二次的人請舉手？」
這個問題很多人舉手。
「那麼一星期一次的人？」
到這個時候為止，這項單元舉手的人最多。
「一個月一次的呢？」
只看到三隻手。
「那麼半年一次的呢？有這種人嗎？」
沒有人舉手，珍在心中想著：「下一個問題可能也沒人回答」但仍必須問。
「一年一次的有沒有？」
過了一會，有一隻發抖的手舉起，此時，即有人偷笑。
「各位請肅靜，請問你手為何發抖？放輕鬆點，不要太神經質。」珍說。
「因為就是今晚……」

補充

有一個年輕人匆匆忙忙跑進西藥房。

「先生，我要那一種保險套兩打！」

「你不是二小時前才買了兩打。」老闆問著。

「嗯，可是她要陪我玩到明天上午。」男人回答。

不能相信

哈利正在問同事談論他和新的秘書的約會。

「昨晚越過三十八度線，和她做愛，是我所遇到的性愛中最差勁的！」

「是嗎？她看起來如此性感、年輕、美麗，應該很迷人才對。」皮爾不敢置信地問。

「外表和內容有天壤之別。」哈利回答。

這天晚上

小劉在藥房買春藥，因為這一天晚上有兩個女孩要來找他，同時詢問能否買更有效果的的春藥。

「請記住我的說明，一定要在進行事情三小時前服用，因為必須經三小時藥才會被吸收在血液中，效果包君滿意！」藥房老闆再三叮嚀。

第二天，他又來到西藥房向老闆問：「皮裂了，有沒有止痛藥？」

老闆一聽就會意地問：「是不是生殖器的皮脫落，破裂？」

「喔！不是，是手皮，因為昨晚那兩位女人沒來！」

繩子

有一天保羅來到經常來的酒館，看到了好友馬奇一個人單獨在喝酒，保羅就來到馬奇的桌邊，看到了馬奇經常做出的怪動作，那就是拉著掛在脖子上的繩子。

「喂！你那條繩子作啥用的？為何經常拉著？」保羅好奇地問。

「前天晚上我說服了對面咖啡廳的女服務生瑪莉帶我到她的香閨，可是不知道怎麼搞到，到了緊要關頭，我那玩意兒竟不管用，使得我下不了台，所以我一氣之下，就把繩子綁在生殖器的龜頭上，一想到那一晚之事，就拉這條繩子！」

詩人心

在研究遺傳工程的研究所中，利用各種生物的遺傳基因予以組合來製造完全新的生物。

最近所製造出來的是人的大腦加上詩人心，以及馬的陰莖的大猩猩。不曉得哪兒發生錯誤，事實上他是極為英俊的一個人，而大腦則是大猩猩的新生物，這種新生物是否有詩人的心及馬的陰莖尚在實驗中。

有一天，年輕研究員之一的珍，想要資料，就來拜訪他。

「你叫什麽名字？」

「我叫光滑愛斯，你呢？」新生物回答。

「我是新進來的研究員。」

「其他的人在哪兒？」

「今天是週末，大家都回家了只有我留下來照顧你。」

「好，珍，我愛斯現在需要人照顧，你把內褲脫下。」

珍看了一下周圍，偌大的研究所內靜悄悄的，空無一人，只好任他擺佈。

事情完了之後，珍一直看著新生物龐大的生殖器。

「你的那話兒那麼大，人和馬的遺傳基因完全組合，但是現在看起來，實驗似乎不很順利。」

「實驗是成功的，武器特別大，可是我力不從心。」新生物回答。

會發生

「喂，達達，你知道嗎?在紐約每六十秒就會發生一件強暴案。」隆說。

「你如此問用意何在。」達達問。

「現在過一分鐘了嗎?」隆問。

解決方法

「不行啦，不行啦！」我不能做這種事，如果現在進行房事，我到上午起床時，會有討厭自己的感覺。」螢子要求。

「那很簡單，你睡到中午就可以。」卡爾說。

不懂國情的人

麥克向牧師之女，以不解風情聞名的安妮說：「要喝酒嗎？」

「不！」

「來愛撫嗎？」

「不！」

「你要吃稻草嗎？」

「當然不！」

「像你這種女人真沒趣！」

再　生

「我相信我死了之後還會有來生！」明明說。

「真的？」阿艮問。

「我準備下輩子當床墊。」

「為什麼？」阿艮驚訝地問。

「因為整天可躺在床上。」

歌

有一天晚上，紐約的單身貴族哈里帶一個女人回自己公寓，這女人真是百萬人中難求的絕色美女，哈里為了向朋友誇耀，就拿起電話打給朋友。

「喂，迪迪嗎？我是哈里，現在我和任何人都不敢相信的女人睡在一起，她的私處會發出聲音，不相信你來看一看！」哈里就把電話筒放在她大腿間，天哪！真的傳出歌聲。

「迪迪，如何啊？驚訝吧！」哈里問。

「你這個瘋子，你這隻色狼，你知道現在幾點了嗎？都凌晨五點了，為什麼一大早就要我來聽從女人私處傳出來的歌呢？」迪迪生氣地說。

第五章　男人的嘆息

「喂！別忘了我！」

喜悅

在伊甸園裡，亞當和夏娃正在進行房事。

他滿懷喜悅。

「而那也是應該的，在廣大的地球上另有兩個小球，而這兩個都屬於他私人所有。」

南美洲

在阿根廷的首都布宜諾的巷道酒館，一位具有外國人結實身材的男人向酒保要了威士忌之後，就一個人單獨地喝著，第二杯、第三杯、第四杯……不久男人從內衣袋拿出高約二十公分的女人形狀的東西出來之後，輕輕將她放在吧台上，仔細地看一下，才知道那不是洋娃娃，而是道道地地的女人。

雖然是那麼迷你，但是身材凹凸有緻，麻雀雖小，五臟俱全。

不久，她在吧台上跳起阿根廷探戈，連酒保也看呆了，「跳得太好了！」

「來一杯甜酒給她。」客人開口，酒保才似大夢初醒般去準備飲料，在她面前，目不轉睛看著，以特別小的酒杯裝。

「先生，她真是個美人，比先生的手還小。」酒保感嘆地說。

「不錯，但比用手好得多。」這個外國人如此回答。

時鐘

荷蘭人華勒沙去世之後上了天堂，來到了用珍珠做的天堂門口，受到了聖彼得的歡迎，他帶著華勒沙去參觀天堂內的情況。

華勒沙來到了一個房間前探頭一看，發現裡面有無數的時鐘，每一個時鐘寫著名字，在參觀的過程中，不停地轉動。

華勒沙就問聖彼得。

彼得回答：「因為這些時鐘都是屬於在地上的人的東西，而屬於這個鐘的人每手淫一次，時鐘會轉動一次。」

華勒沙覺得很奇怪，進去仔細看。

「聖彼得先生，好奇怪？為什麼沒看到波蘭人的名字？」他不解地問。

「喔！波蘭人，有啊！不過不放在這裡，放在地下室當電風扇使用。」聖彼得正經地回答。

感觸

年紀輕輕卻禿頭的喬，褲子破了一個洞，因為他喜歡用手指來享受野兔的感覺。

第六章　男與女的青春

勞斯萊斯

麥克和丹對打，「怎辦才好」朋友去做和事佬，問起原因。

「麥克那傢伙提出沒意思的謎。」丹說。

「什麼謎。」朋友問。

「他說我妹妹和勞斯萊斯不同之處在哪？」丹說。

「這又為何成為打架的理由？」

「因為附近的人大多沒坐過勞斯萊斯。」丹說。

忍受界限

B是一個到處旅遊推銷的推銷員，在附近汽車旅館和女友享享樂之後，這位女孩嘆息地說：

「你有一個朋友叫亞德嗎？你告訴我，他來時要照顧他，可是他卻親我嘴，這傢伙！」

「亞德是好人。」

「他摸遍了我全身，他明明知道我是你的女友，真是討厭！」

「他是好人。」

「亞德強迫我和他做愛，這人真下流。」

「他是好人。」

「他把性病傳給我，真可惡。」

「你說什麼？那個混帳！」

肌膚的感觸

M和J是做生意上的競爭對手，兩個人就彼此冷嘲熱諷，有一天兩個人湊巧在酒吧碰面，J摸著M的禿頭。

「哇，多好的觸感，和我女朋友的皮膚一樣。」M摸著自己的頭說。

「真的一模一樣嗎？」

一個禮拜的生命

英俊的E告訴朋友：

「醫生告訴我，如果你不放棄做愛，一星期就會死去。」

「這怎麼一回事？」

「因為我和醫生太太發生關係，從上次開始。」

誤認情報

你那眼睛周圍的黑圈是怎麼得到的？

G向好色的D說：「你知道吧！那身材小而可愛的女孩！」

「有人說那女孩是寡婦呢！」D說。

「嗯！但是實情並非如此。」

儀式後

T眼睛周圍傷痕纍纍地來上班，於是同事問他：「T，你怎麼了？誰打你？」

「啊！」T回答：「結果儀式後我吻了新娘，被他先生揍！」

「咦！」同事們不解，「在美國，在婚禮中親吻新娘是正常的事呀！你為何不抗議。」

「是啊！」T回答：「但是儀式是在三年前！」

進水

一個海軍士兵向上司請假：「無論如何，我都要回去，內人快生產了……」

「你呀！」上司回答：「裝設龍骨的起風式時需要你，進水時就不需要你了！」

看情形而定

剛剛做外交官的喬接到命令必須到阿富汗二年，因為當地政情不安定，所以不能帶老婆去。

「不管多危險的國家，我都願意去，但是到了之後，我老婆誰來照顧呢？」喬傷心地對人事課的官員說：「我才結婚兩個月而已！」
「那你稍微說明一下，」負責的官員說：「你太太美不美麗？」

眼睛的檢查

小學老師J最近發現有點問題，她就去找街上的醫生。
「必須仔細調查才可以，」醫生說：「上半身讓我看看。」
她把上衣捲起，醫師抬起她左邊的乳房：「你有沒有看到乳房前的乳頭？」
「看不見。」
醫生接著抬起右邊的乳頭：「這邊的乳頭看得見嗎？」
「看不見！」
醫生把褲子拉鍊拉下，把東西拿出來：「我手裡拿的看得見嗎？」
「看得見！」
「好！」醫生說：「你是鬥雞眼。」

「那傢伙你不覺得怪討厭的嗎？居然在保險上寫自己的頭一個字母。」

跳

醫生H是對一切都充滿自信的男人，他測量女性病人的脈搏時，習慣將數字減去十五再記在病歷表上。

超現代科技

N向街上的開業老醫生說：「大夫呀，我已結婚十年了，卻生不出半個孩子，最近常聽說試管嬰兒，我想試試。」

「沒問題，」老醫生說：「你躺在診療台上。」

過了九個月，N生了一個寶寶。

「這小孩是試管嬰兒，」老醫生強調：「我用自己的管，請N太太來實驗，所以叫試管嬰兒。」

精子

結婚已三年卻未曾生育的D夫人，決定到醫院去接受人工受精。

夫人在診察室脫去衣服，爬上診察檯，醫生隨後也脫去衣服，爬上診察檯，將生殖器注入。

夫人問：「怎麼回事？」

醫生回答：「抱歉，剛好冷凍精子用完，請你用現成的。」

差異

有名的婦產科醫師被某醫院聘請去巡視新生兒病房，他發現一個特別小的嬰兒問：「這小孩有點不對勁！」

「大夫呀！沒啥大礙，」護士長說：「這小孩是試管嬰兒，試管嬰兒都比較小。」

「當然，我了解，」醫生說：「額頭冒著汗創造的東西比不會冒汗創造的東西完美。」

適性

推事看著囚犯：「你的犯罪記錄有順手牽羊、殺人、偽造文書、闖入民宅、放火、強暴婦女……」

「一點也沒錯，要找到適合自己的，稍微浪費了一點時間。」

以後怎麼辦

喬去找精神分析醫師。

「我無法控制自己的性慾，和太太一星期七次，和女友一星期五、六次都無法滿足。」

「原來如此，那自慰呢？」醫生問。

「一星期五次！」

快刀亂麻

喬是大廈管理員兼打掃員，這大廈中有一處精神科診所，有一個病人，不管白天或黑夜都打電話給這位精神科醫生，敘述自己的煩惱，有一天當喬在那兒打掃時，電話鈴聲響起來，喬拿起電話聽病人受苦。

「嗯，嗯，原來如此……」如此持續三個鐘頭，喬向電話說：「如果要我向你建議的話，太太你到外面做看看。」

做那種事

R叫住了醫生。

「大夫，」他不好意思地問：「再過多久我能和她做愛？」

「你太太剛生產？」醫生問。

「沒錯，」R回答：「但是我想問的是來這裡手術扁桃腺炎的女朋友！」

隨　意

乞丐接近觀光客。

「老闆，賞我二十元二毛五喝杯咖啡，如何？」

「要喝咖啡，二毛五就夠了，好嗎？」觀光客說。

「我一喝咖啡就想和太太以外的女人做愛！」

證明

一位服務於蘇丹後宮的宦官，這男人擔任安排服侍蘇丹的妾到太太住所去。為了找妾的住所，必須在很長的跑道中穿梭，最後心臟發作而死，這事實明顯地證明，男人並不是追求性而死，而是為到處接近女性而死。

勇者

CIA的長官叫侍官來。

「現在需要一個擔任危險任務的人，而且現在就要。」長官向他說明。

「必須非常大膽，像銅鐵般的男人，這種人你幫我找找看，明天向我報告。」

「不必等到明天，我已決定了人選！」

「誰！」長官吃驚地說。

「J，」侍官說：「他最棒，上一次看AIDS的電影，J在這時仍和女人做愛，邊吃草莓派！」

說 明

在郊外寧靜的小鎮，引起了一陣騷動，有迴聲傳來，聽說在街上角落的酒吧，做黃色的戲，街上的老人們已決定派人去一探虛實，經過推舉，由神父來擔任。

那一天神父穿普通服裝到酒吧去，而街上的老人們在酒吧外等神父出來。

神父遲遲不出來，過了二小時才見人影。「各位，這是不良的片子，詳細的情形是……」神父正說著時「不行，我忘了帶帽子出來。」神父慌張想回酒吧。

「神父，你的帽子掛在你的褲子前面，內容不用說明了！」

罪過很深

天主教的神父與猶太教的牧師對談。

「老實說，我覺得猶太律法好像沒有光彩，我犯過一次罪，我想吃豬肉。」

「喔！原來如此，我也犯了一次罪，」天主教神父說：「我和某女性做了那種事！」

猶太教的牧師問：「比吃豬肉好吧？」

高爾夫

打高爾夫的男人把球打進森林中，於是走進去拿球，卻碰到戴三角帽、年紀很大的婆婆，在大樹下不知煮啥。

這男人問：「你煮啥？」

「這是魔法濃湯，」老太婆奸笑著：「喝了湯你會變世界第一高手。」

「可不可以讓我喝，拜託。」男人要求。

老太婆說：「沒關係，但是你的性愛將非常寂寞！」

男人遲疑了一下：「在性愛方面冷清，在球場得世界第一，沒問題！」

男人回到果嶺，繼續打球，那次大會他獲得了冠軍，以後也都獲勝，成為明星球員。

過了一年之後，到了同一高爾夫球場，他去找那老太婆，而那位婆婆同樣在樹下煮東西。

「你還記得我嗎？」男人說。

老太婆說：「我當然記得，高爾夫球成績如何？」

「如你所說，我是世界冠軍。」

老太婆又問：「那性事方面呢？」

「不錯呀！」

老太婆吃驚起來：「幾次呢？」

男人回答：「兩、三次。」

「三次算不錯？」老太婆問。

「一點也不錯，對信徒爲數不多的神父來說，算不錯！」

十　戒

「我帶了好消息和壞消息。」從西奈山下來的摩西告訴大家。

「是什麼消息？」

「好消息是神把戒律減為十條，壞消息則是十條戒律中有通姦！」

更好的東西

來到南部市鎮的傳教士，以人生更好的東西為演講的主題，他說到了健康教育、音樂、遊戲。演講結束之後，聽眾之中有人問：「你為何不說性？」

傳教士看了看發聲之處：「你看看演講的題目，我是說更好的東西，又沒說是最好的東西！」

資格的差異

從西雅圖到好萊塢的一個女演員，在教堂懺悔。

「神父，我又犯了姦淫，我實在無法控制我的性慾！」

神父溫柔地說：「你唸聖瑪莉亞十次！」

「奇怪，西雅圖的神父叫我唸五十次！」

「西雅圖神父怎麼會懂得做愛。」好萊塢神父說。

第七章　了解別的世界

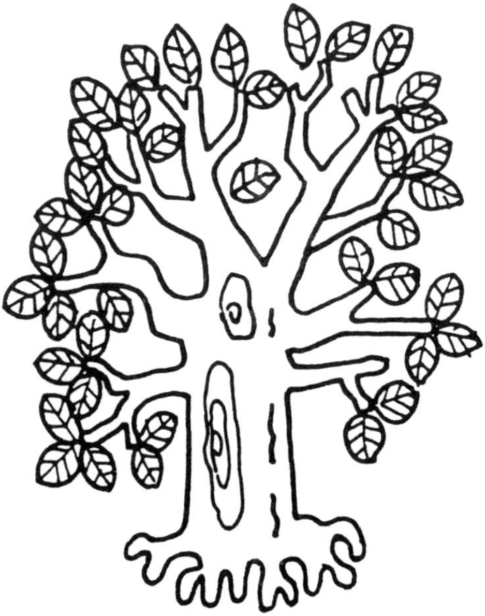

工作和休閒

星期五早上，模特兒西西到美容院來。

「你要把我弄得更性感一點，」她說：「這週末我要和男人生活。」

「好啊！」美容師說：「是和你認識的人工作？」

彼此滿足

「讓我們一起睡，能滿足的話，就給你支票。」

「給我支票？」B回答：「能滿足的話，和你上床。」

複　式

推銷員來找妓女：「多少？」

「一〇〇元美金。」女人說。

「那好，」J給她之後，「出納告訴我，他付你二〇〇美金？」

「不錯，」妓女點頭：「我從身上拿二〇〇美金，因為他做複式簿記。」

條件

在公司研習上，貴賓J先生碰到了在別的部門當秘書的M小姐，J不知不覺地說：「研習後，跟我睡如何？」

「你的邀請我答應。」M回答。

三天之後，J的桌上送來一份備忘。

「根據契約，公寓租金五〇〇，快快支付吧！」

J回條說：「有關公寓租金的事有以下說明：一、該公寓是中古的房間。二、沒有暖氣。三、太寬大。」

M立刻回信：「對於保留租金的三理點由：一、該公寓是否中古不在契約理由中。二、關於暖氣，該房間有充分暖氣設備，你點火方式錯誤。三、該房間沒有非常大，只不過借住人太矮小。請立刻付現！」

於是J就付錢。

角色

有一名演員，把年輕的女性帶上床，結束之後，他從錢包中掏兩張入場劵給她。

「我不要這種戲票，」年輕女人叫：「我要麵包。」

演員回答：「那你應該和麵包師上床，大遲了！」

過時的舞妓

過時的舞妓為了找工作，來到傳播公司。

「我會做令人吃驚的事。」她推銷自己。

「啥事？」傳播公司的人問。

「當然，脫衣舞，」舞娘說：「然後用我那地方抓起高爾夫球給你看。」

傳播公司：「那有啥稀奇，會做那一種事的女人，我們這兒也有，她甚至能舉起排球。」

生活

在迪斯可跳舞的舞女說：「每天你要把右腳快速地踢起，然後把左腳快速抬起，就在這兩腿之間謀生！」

專用電話

「對罪過慚愧的人進來。」

看到此一教堂佈告欄的應召女郎B，在其下面寫上：「不悔過的人則打這支電話，五八七八……。」

美國觀光客

頭一次來到墨西哥的美國觀光客來到一個小村落，那一天剛好村裡拜拜，打扮得很好看的印第安人在跳舞，觀光客非常高興，不斷地拍照，突然有個印第安人走過來，在他耳旁小聲問：「你要不要見我妹妹？」

吃驚的觀光客說：「見你妹妹?做什麽?」
「先生，那還用說，為了做那件事。」
觀光客則說：「我在墨西哥連水都不喝般的小心！」

保證

「在我這兒工作，我付你一星期二仟如何?」老頭說。
「是美金嗎?」B小姐問。
「不，是客人數目！」

生意時間

M響應紅十字捐血運動，捐出四○○cc的血
「你月經來潮時會喪失多少血?」
「如果週末的話，我會失去一仟元美金。」

景色好的房間嗎？

教育程度

教授調查賣春的理由，而到某一娼館，教授訪問了某女性：「你認為從事這一行的人，教育程度有比平常人低嗎？」

「廢話，一定是撒謊的！」

跟處女相同

一個年輕人慌慌張張進來，他向娼家老鴇說：「我從未有過性經驗，有生以來第一次，所以，可否找處女給我？」

老鴇說：「處女很稀罕，幾乎找不到，何況這地方，連處男也很稀罕，我和你，如何呢？與處女毫無兩樣！」

兩個人上了床，年輕人向著老鴇，手指往那戰場插進去。

「更進去一點，」老鴇鼓勵他：「不然你手臂都進去也可以！」

年輕人把手臂也伸進去。

「不介意的話，另一手臂也伸進去吧！」

年輕人把另一隻手臂也伸進去。

「然後你拍拍手。」老鴇說。

年輕人說：「不行，沒辦法！」

老鴇呻吟：「很緊吧！啊！」

防衛

鄉下少年來到街上找娼妓，兩個人都光著身子上床，但是少年穿著襪子。娼女問：「小伙子，為何不脫襪子？」

「嗯，並不是不想脫，可是我怕你會傳染香港腳給我！」

住宿

一個英國人夜晚想住宿時，住錯了住到妓院去。

第二天當被問到旅館設施的感想時，此人說：「房間沒什麼，但是女服務生很周到！」

妙計

「哇，好厲害，真令我大吃一驚。」新的顧客懷著感謝之意。

女人：「哇，你中意，那很好！我在馬戲團學的！」

「吞劍嗎？」

使用前、使用後

有三個船員，一個義大利人、一個愛爾蘭人、一個猶太人，三個人第一次登上南洋之島，那座島的風俗習慣比較特別，三個人到了娼家問價錢。

老鴇說：「我們以英吋計算，也就是你的東西長度自己量，一英吋付一塊美金。」

快樂的夜晚，三名船員都享受了一夜，然後談到有關價錢。

「我被拿了六塊美金。」義大利人說。

愛爾人說：「我被拿了七塊美金，我沒說謊。」

猶太人得意地說：「真是美好，而且我才付二塊美金！」

「什麼？」

「沒什麼，」猶太人回答：「我是使用後才量的！」

忠告

小班是日本糖企業的職員，升任亞洲經理之後，他必須訪問亞洲各國的顧客，出發前的一天，他的前輩向他建議，而此人因為舌頭短，講話不清楚。

「小班，你可得小心印度人，」前輩說：「你不要忘了，他們有四千年做生意的傳統，跟他們談話很溫和，但是千萬不要看輕他們，否則後果是很嚴重的！」

旅行結果很成功，尤以有嚴格國評的印度人也同意他的建議。生意做成了！

那天晚上，印度人介紹客人到這個市鎮最好的妓院，小班和印度人過了愉悅的一夜，所有的秘術展露無遺。

回國之後，他的得意卻無法持久，舌頭有腫瘤出現。

前輩向他說：「我不是告訴你不要舔嗎？」（舔有看輕之意。）

洋人的夢

在偶然的機會，看到了一幅畫，而被東洋的神秘國家日本完全迷住的J，花了十年的時間學日語、研究日本，之後他總算到達盼望已久的日本。

然而他所看到的日本，除了失望以外啥也沒有，高樓大廈林立，車水馬龍，和自己以前所看到的完全不相同，心中感覺極為失望的J，聽人說起，如果到關西去，那兒有古老的日本文化。

「對不起，」J向日本人問道：「我是被一幅浮世繪所迷，到日本來的美國人，如果有和畫中所留下來的地方相同，請告訴我。」

上了年紀的某位紳士，對這位能正確說日語，又對人彬彬有禮的洋人，十分感動，就把京都的一家料理店告訴他：「如果到那兒，說不定能看到你盼望已久的『畫中之景』也不一定。」

「稍等一下，」紳士說，從懷中拿出一張名片交給他：「如果你要參觀，他們可能不讓你進去，就亮出這個吧！一定會歡迎你的。」

原來名片背面只有兩個字「腿景」，J對這位紳士點頭之後，立刻趕到車站坐上電車，趕到京都去。

這家料理店很普通，伙計看到J亮出的名片之後，立刻必恭必敬地請他進去。於是在J面前端出了各式料理，和自己以前看到的那幅畫一模一樣，而且酒也極為美味可口。到了最後，在他面前有一個雪白的桃子，伙計則出來說：「桃子。」他就用熟練的手把桃子的皮剝掉。

一剝掉之後，紙門就被打開，極為美麗妖艷的姑娘出現了，向他點頭，並且配合不知停自何處的音樂，開始起舞，並一件一件脫去衣服，到最後，一絲不掛，伸手拿白色桃子夾在大腿根部毛茸茸之處，又展開激烈之舞。

過了一會兒，琴聲止住，這位美女就把夾在大腿根部的桃子拿下來，輕輕放回原來的盤中，點著頭離開。

J突然大夢初醒般，伸手拿桃子吃，伙計一看，趕緊阻止，指指門那一邊。

「可能你要吃的不是桃子，是腿，那邊有腿在等待你！」

純羊毛

妓女開始脫洋裝，嫖客則開始說話，一看到妓女的腋下，嫖客就說：

「哇！是純毛的！」

看到大腿又說：「哇！是純毛的！」

看到大腿根部又說：「哇！是純羊毛的！」

「喂！要不要快點決定，討厭的男人，」妓女開始大罵：「你到底是來尋歡或是來織毛線衣的呢？」

開罐器

德州脾氣暴躁的牛仔到妓女院來。

「把這裡最漂亮、最老練的女人叫出來，」這位牛仔是技術競賽名人：「把這裡最粗壯的女人給我！」

妓院老鴇說：「那威瑪最好，你會喜歡她的！」

一上床，牛仔就撲向威瑪，可是他很輕易地就被扔向牆壁，牛仔轉身再試，卻被威瑪的乳溝碰一下就宛如被摑了一巴掌，再振作起來，他這次採從後方攻擊的方式，可是威瑪一轉身，用雙手拉著他的頭，打到床下。

「我投降了，你真是聞名的蠻母牛，我第一次遇見如此厲害，難以馴服的女人，剛剛被你打這麼幾下，我很過癮，請你為我的快樂，乾一杯吧！」

於是他就把啤酒瓶拿起來，此時一絲不掛的威瑪就站在他面前，腰不斷前進。

「喂！你是啥意思？」牛仔看得發楞。

「親愛的，你不是要開瓶器嗎？」

加油

B在拉斯維加斯留下最後一張美金一〇〇元的鈔票，他想將之有效地利用，以獲取美好的回憶，所以就叫了一位年輕女孩在自己房間內，當彼此享樂完之後，B給他一〇〇元美金。

此時女孩說：「我第一次嚐到這麼美好的滋味，再來一次吧！這次免費。」

「真的？」於是B又提起精神，彼此又享受了美好的一次。

「喔，太棒了，再求求你，再一次吧！這次我付你一〇〇元美金！」

B一聽，再振作起精神，想再來一次，可惜力不從心，於是便看著自己那不中用的東西，唉聲嘆氣地說：

「真是不中用的東西！要自己付錢時便怒髮衝冠，有收入時卻不中用了！」他自怨自艾。

自由出入

有個女人從未參加選舉投票，因為她對不管誰從那個門進出都不在乎。

特別費用

A是參議員的候選人，進度表上排滿了工作，有一天，他想要輕鬆一下，便到一所妓女院去，享受了雲雨之樂，費用便宜得令人不敢相信，才五元美金。

這位候選人精神百倍地對自己的「法與秩序」、「健全、乾淨的家庭」選舉訴求做演講，結束之後又去那一家妓院，排除緊張，同樣的，這一次也是五元美金。

一個月後，他三度光臨這家妓院，可是這一次居然要一〇〇美金，使他怒從心中生。

「啥意思，為什麼這一次費用高出這麼多？」他抗議了！

「因為這一次沒有拍成春宮電影！」對方回答。

物資交換

一個木匠應老鴇之要求前來隔間，工作完畢，木匠要求一〇〇美金，而老鴇表示沒有錢，願以物質交換。

「你來做生意，那我也做生意還你。」

木匠接受要求，並指名要老鴇親自下海。

老鴇立刻脫光衣服，木匠則把拇指插進陰道，而食指插入肛門。

「現在請你立刻把一〇〇元美金給我，否則便折了這裡的隔間。」木匠威脅著。

商　量

電話鈴響，D把電話筒拿起。

「喂，喂，是D嗎？我要談談我太太的事，她最近忽然有個怪念頭，那就是想去當流鶯，以便更了解社會上犯罪人的心……」電話傳出聲音。

「對不起，你打錯了電話，也許你打的是精神科的D大夫，而我是股票買賣的D先生。」

「喔！不，就是你，我想要商量股票買賣的事，我太太當流鶯賺來的錢該如何投資？」

美國式幻想

在中西部保守的一個鎮，扶輪社的會員邀請了鎮上的人來聽演講，題目是「美國——機會之國」，被認為是成功者的人被請上台演講。

「各位，」司儀說：「下一位要介紹的是30歲從歐洲跑來的移民M先生，M先生，請告訴我們您到美國之後，如何努力獲得今天的成就？」

「我到了紐約之後，就到街頭賣鉛筆，把一隻二毛的色筆用兩隻五毛賣出去，每隻可賺五分錢。」M先生說。

「喔！原來如此，這真是一件了不起的事。」司儀佩服地說。

「然後我又做賣蘋果的生意，一天工作十五個小時，把一個三分錢買進的蘋果用五分錢賣出，一個可賺二分。」

「嗯，的確，這就是美國式夢想。」司儀語重心長地說。

「於是我就把五分錢的硬幣、一分錢的硬幣存起來，又找來弟弟一起賣，並且存錢。」

「嗯！節儉、勤勞、還有呢？」會長說。

「於是我就和弟弟儘量存錢，並把太太、妹妹叫來。」

「太棒了，好模範。」司儀很激動。

「這些女人來了之後，我便經營妓院，從此財源廣進！」

真心

來到大富翁辦公室的一個女人，開口就說：「請你伸伸援手，幫助那些墮落的女人或為收容所捐一點錢，好嗎？」

「我平常已把錢給那些女人！」富翁反問著。

「請你不要用這種語氣說，她們只不過是男人洩慾的工具，一群可憐的犧牲品！」女人說。

「好吧！我付，這是五萬美金。」富翁說。

「喔，謝謝，有了這些錢，那些不中用的女人總算得救了！」女人嚷著。

第八章　婚姻生活與愛

外星人

一架飛碟登陸在遠離人煙的農場上，從裡面出來的是會說標準英文的外星人夫婦，並且長得和地球人一模一樣，農場主人夫婦招待這對宇宙來的訪客午餐。大家相談甚歡，四個人很投緣，當晚便決定要進行換妻睡。

農場女主人和男外星人進入臥房，男外星人把衣服脫光，他的陰莖非常小。

「這麼小，中用嗎？」農場女主人問。

外星人一聽，「等著看吧！」

他摸摸自己的右耳，結果陰莖開始生長，長到五〇公分左右，只是非常細小。

「這麼細小中用嗎？」農場女主人又問。

「走著瞧吧！」外星人又摸摸自己的左耳，那玩意兒便變粗，達直徑十公分，於是兩人一夜盡情地狂歡著。

第二天上午，外星人夫婦向農場夫婦告別之後，農場主人便問太太：「昨晚如何？」

「太棒了，我第一次享受到如此美妙的快感。」太太回答。「你呢？」

「無聊死了，那女外星人整夜就只捏我的耳朵。」農場主人生氣地說。

不是冷感症

正在進行那行為的當兒，丈夫奇怪地問太太：

「喂！你的身體不舒服，是不是？」

「沒有，不會啊！」

「剛才我好像感覺你身體稍微動了一下。」丈夫說。

廉價市場

H夫人患了冷感症，H先生每次做愛總是想盡一切辦法讓自己太太感覺滿足，於是他便在房間天花板上貼上一張紙：

「廉價拋售！」

實驗

一對夫婦來到動物園，當他們走過大猩猩的門欄時，丈夫向太太提出一種實驗：

「喂！老婆，請你幫個忙，在大猩猩面前脫光衣服好嗎？我要看看大猩猩會不會興奮！」丈夫提出這種要求。

「無聊，我才不要！」太太生氣地拒絕。

可是丈夫不死心，一再要求，太太終於軟化，心想也許這種實驗挺有趣。當她一開始脫衣服時，大猩猩手不停地捶自己的胸部，不停地吊單槓，這位太太繼續脫衣服，大猩猩發痛似地狂跳不已，丈夫看了這種情形之後，就把大鐵門打開，把太太推入。

「喂！告訴他，你今天頭痛！」丈夫高聲地說。

殘餘之物

聽說某種方法對於減輕體重有效的李太太，把全身衣服脫光，並用塑膠袋把全身包起來，過了一天，黃昏時分，老公回家，一看到李太太就說：

「喔！原來又是賣不出去，剩下的東西。」

維持時間

在B的家所辦的舞會，話題不知不覺轉到戰爭方面去。

「如果核子戰爭爆發，生命只剩下一小時的期限，請問大家會怎麼辦？」T問大家。

「我準備喝杯酒睡覺，喝了總比沒喝好！」K這麼說。

「我要向主祈禱，也許有奇蹟出現也不一定！」M太太說。

「我要和太太上床，玩個快樂，玩到最後，才有生存的意義！」主人說。

「可是親愛的，」B太太問：「一分不去計較，剩下的五九分我該怎麼辦？」

想念

「我的好友W和我的老婆私奔以來，已過了一個月，到現在一點消息也沒有。」J寂寞地表示。

「哎呀！自認倒楣吧！這一個多月，自己睡，孤枕難眠想太太是自然的事。」好友B勸他。

「我並沒說我想念私奔的太太呀！我只是想念經常和我下棋的W，其實他可以用郵寄的方式和我下棋啊！」J懷念地說。

性衝動

在進行性生活的問卷調查時，調查人員進行了家庭訪問：

「請問你丈夫什麼時候進行房事？」

「月經來臨時。」家庭主婦回答。

「那麼你在月經來時會特別興奮嗎？」調查員驚訝地問。

「不是我，是我丈夫的秘書月經來時，他才和我做愛！」家庭主婦說。

實況轉播

參議員T這天晚上很晚還留在辦公室，那是為了考驗新任秘書J的能力如何，結果他的每一份精力彷彿全被她吸走了！

在精疲力竭之下，T回到家，太太花比平常還久的時間和他接吻，並且用力擁抱他，歡迎他回來。這是太太向他要求做愛的訊號。

「親愛的，等一會，我去拿寢室用的拖鞋來。」夫人說。

當夫人離開時，T盡力地要把那不中用的傢伙叫醒，準備使它東山再起，當感覺太太走過來時，T又立刻把那話兒收進褲內。

「我去做雞尾酒，你再等一會兒！」太太又離開，T又開始把生殖器拿出來，想辦法使它振作，太太過來時，他又立刻停止動作。

端著雞尾酒的夫人被電線絆倒，差點把酒打翻。

「喂？電線幹什麼的？」T問。

「我還沒告訴您嗎？電視公司今天對我們夫妻的家庭生活做二十四小時的實況

轉播。」夫人回答。

小貓

快樂迎接結婚三十週年的M決定要送太太皮毛大衣，於是他就進入新開張的高級皮毛店內。

M先生一進門，就要年輕的店員把負責人叫來，理由是要買價格昂貴的皮毛，而這位年輕的店員就是負責人，他一看其貌不揚的M，心想：這大概是買不起高級品的窮人。

「我要送皮毛大衣給我太太，這是我們結婚三十週年的紀念日。」

「請你推薦好的商品給我！」

「好吧！貛的大衣如何？」負責人看著M的凸肚子說。

「喔！灰貛的皮毛大衣不行，因為在結婚十週年時我已買過了！」

「那麼狐的如何？今年狐大衣很流行！」負責人又建議。

「狐狸毛不行，二十週年時已送過了。」M說。

「喔！原來如此，那麼本店有引以為榮的臭鼬鼠皮毛大衣，怎樣？」店負責人說。

「臭鼬鼠？那不是和老鼠同類嗎？我太太一見老鼠就怕，馬上會起雞皮疙瘩。」

「不，臭鼬和老鼠並不同類，牠是會發出味道的小貓。」老闆說。

「會發出味道的小貓，不用這種皮毛，我太太已有了！」M回答。

類似

「為什麼結婚和洗澡很相似？」

「因為進去以後，一點也不覺得熱！」

球竿

M夫人有一天決定學打高爾夫球，因為夫人參加了鄉間俱樂部，要參加專屬的職業高爾夫練習。

已經學了六個月，可是M夫人到現在為止，連放在杯子上的球也打不中，使得教練的忍耐到了極限。

「M夫人，現在我想到了一個方法，記住，請你按照我的方式來做，不要把它當成是球竿，把它當成是自己丈夫的陽具，而把這球用力打下去，此時此刻你不要考慮打高爾夫球的姿勢。」教練說。

M夫人一心一意要學會教學的方法，把球竿當陽具，結果球打得準，而且飛到三〇〇碼遠的草地上。

「太好了，可以把含在嘴裡的球竿放下來了！」教練露出微笑的表情。

忍受痛

寂寞會使人習慣成自然。

在鎮上的牙科醫院，有一名男人看起來像出外人。

「我求你把我的大牙拔掉。」出外人說。

「很不湊巧，痲醉藥剛用完，如果沒有痲醉藥，會很痛的。」牙醫說。

「沒問題！替我拔吧！我可以忍受。」

於是牙醫就決定不打痲醉劑來拔牙，終於把臼齒給拔除，然後把已腐敗的牙根清除，約有二十分鐘，在這過程中，這位病人根本沒有痛的跡象。

「我真不敢相信，」牙醫說：「你怎麼忍受這種痛呢？」

「哪裡？很簡單，我到現在為止，已遇過兩種相同的痛，都忍過去了，和這種比起來，拔牙和吃蛋糕一樣容易。」

「如果方便的話，請你告訴我，你如何忍耐的？」牙醫生拜託著。

「可以啊！因為我和一個冷感症的女人結婚，她厭惡性，所以我簡直是抱著一具屍體在做愛，可是我又很愛她，但是每一次進行性愛時，她就對我充滿敵意，我把極大的樂趣給她，結束之後，她到廚房去，大聲地叫：『洗菜檯下有老鼠快來抓』，我一聽立刻光著身體，且四腳朝地去看流理檯下，因為光屁股挺著，沒有想到，我那冷感症太太用很不在乎的表情，把事先準備好的兩塊磚頭，用雙手拿著向我攻擊，打得我痛得呱呱叫！」

「喔！那比起來，牙痛真是小巫見大巫了！那另一次呢？」

「經過¼秒後，我的頭用力撞到流理檯，也痛得令人流眼淚！」

冰冷的洞穴

銀行家J進入快餐館想吃東西。

「甜甜圈和咖啡。」他開口叫。

服務生用若有所思的表情問：「從甜甜圈你有沒有想到其他？我們從這甜甜圈的型態發明了方冰塊，這是樣品，和甜甜圈相同，中間是圓形的洞穴，你有任何感想？」服務生問著。

J一聽就不斷搖頭：「唉！使我想到已分手的妻子啦！」

瑪　莎

瑪莎和在南極大陸的探險員結婚，兩人的婚姻生活沒人知道，只是丈夫把某一座冰河命名為瑪莎。

第九章　婚姻結局

內褲

籃球隊員M和G在更衣室換衣服，G看到M脫下了女人穿的三角褲時，嚇了一大跳！

「喂，M，我無意干涉你，但是你為何穿女人的內褲？」

M一聽就以陰暗的表情說：「自從我老婆在我車子上發現女人的三角褲之後，我就被罰穿女人的內褲！」

苗條而時髦

減肥俱樂部裡流傳的故事。

「我的丈夫實在太不應該了，」一個肥胖的中年婦女說：「他說想要和苗條又時髦的女人進行性愛，所以才強迫我加入這減肥中心，而他自己卻趁我不在家時，去和另外苗條、時髦的女人約會！」她忿忿不平地說。

只要有時間

「你的丈夫很熱情？」S問著。

「事實如此，他連睡著時，也拚命要和我做愛，只是我丈夫真是個冒失鬼，把我叫成海倫、瑪莉、珊珊的！」

離婚的理由

「聽說你要和丈夫離婚，為什麼？」J夫人問。

「因為他不小心造成的，前幾天晚上，他正在看報時，我輕手輕腳地走過去，親他的禿頭。」K夫人回答。

「然後呢？」J夫人問。

「結果他說『親愛的，不要開玩笑，我昨天向妳口述的信發出去了沒？』因此我要離婚。」

積極性

K小姐被一個富翁僱用，住在家裡當老師，雖然條件待遇好，但是她不到一個月就不做了。

原因是富翁的孫子對一切太消極，而富翁對她又太過積極！

漸進地

F向太太約法三章，以後不再對其他女人拈花惹草，並且發誓只抱她一人而已。有一天太太進去臥室時，看到丈夫和女人睡在一起。

「你這個騙子，不是已約好不對其他女人動手腳！」太太叫著。

「太太你看，我是慢慢地在實踐諾言啊！」他向太太解釋。

男人中的男人

男人中的男人就是能讓太太相信他是在羅馬教皇的廁所被傳染到疱疹，這樣的

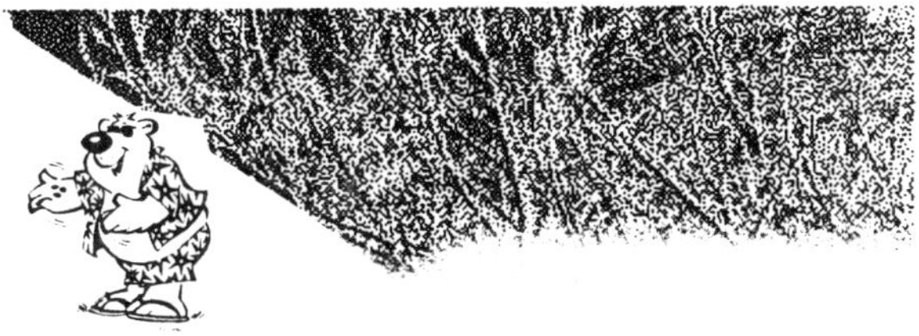

男人！」

手握著的東西

「給我一杯酒，因為我把私房錢拿去玩女人被我太太知道了！」有一個男人，手握著拳頭，用悲傷的腳步走向小酒館。

「喔！那災情慘重囉？如果是我，我太太會用力硬將我的睪丸拔出。」酒館老闆同情地說。

「老闆，你知道我手中握的是什麼嗎？」

只是會吠叫而已

在一個慈善舞會上，那些老婦人看到正在和年輕的女孩子打情罵俏的W時，就問W夫人：

「我說愛瑪，你怎麼可以讓你老公和那些年輕女孩玩得如此過火呢？」

「喔！沒問題，我丈夫，我沒理由禁止，他不會有事的，他只是一條會追著轎車的小狗，追上了也只能『汪汪』而已。」W夫人大方地說。

天使

「我的丈夫簡直是一個天使。」M夫人說。
「那麼他終於放棄放蕩的生活方式了嗎？」
「不是，地下室的煤氣漏出來的地方，他想點火查查看。」M夫人說。

假定法

喝醉的農夫F，快樂地向太太S說：
「我說S，如果你能生蛋，我就可以把全身是臭味的雞賣掉！」
S不吭聲。丈夫又說：
「喂，S，如果從你身上可以擠出牛奶，我就把這隻母牛賣掉。」
S用冰冷的眼光看著丈夫說：
「親愛的，你知道，如果你還有本事怒髮衝冠，我會把你的弟弟立刻趕出這裡！」

新鮮的

B笑著回來，對妻子J說：

「喂，胖子，我和秘書盡情地搞了一場，我一想到你，就好像想到腐敗的鹹魚一樣！」

他從皮包拿出一個包包，繼續說：

「我買按摩震動器，要把它放進你這老女人的洞穴裡！」

「放啊！你這老糊塗，你又做啥好事！」J說：「我衣櫥裡有活生生的按摩器。」

重要的客人

上班族湯姆一回家，他妻子A光著身子開門。

「妳這像話嗎？」湯姆大罵：「我說今天有重要客人來，為何不穿衣服？」

「所以我才不穿衣服呀！」

人口問題

法國貴族D侯爵是有名的帥哥，有一天侯爵在日正當中時回到他的家中，他寢室的床已經化為愛慾之床，他的朋友和侯爵夫人正乾柴烈火地……。

可是侯爵是有名的萬事通，他眉也不皺地輕聲問：

「先生，這個床有男人在這兒睡的話，你不覺得人口過剩呀？」

「喔！沒問題。」馬上回答的是侯爵夫人：「讓M騎在腹部，然後屁股向旁邊移動，你的地方就足夠了！」

裝滿了

B揉著眼睛進入雙親寢室，說：

「爸和媽媽在做麼？」

爸爸慌慌張張地回答：「在媽媽的瓦斯筒內注入瓦斯！」

B說：「可是媽媽的瓦斯筒並不缺呀！早上瓦斯店的叔叔才剛剛在媽媽的瓦斯筒灌上瓦斯。」

父與丈夫

孕婦對醫生說：

「我的丈夫可以和我一起進分娩室嗎？」

「當然！」醫生回答：「孩子的親生父親也該注意看自己的小生命誕生的一刻！」

「如果這樣，會打架的。」孕婦說：「我的丈夫很討厭這孩子的父親。」

不能比較

「亂倫和殺人一樣邪惡！」牧師說：「洪夫人，妳認為呢？」

「我不知道。」夫人回答：「因為我沒殺過人。」

到那兒去

外勤記者F有急事報給總編輯：

「有重大事件，晚報的印刷稍微停一下。」

「有啥事嗎？」編輯部E問。

「黑手黨的首領說有女人背叛他，所以在其陰部放上了炸藥，點火。」

「那太殘忍了，這女人怎麼了？」

「不知道！」F回答：「這女人的身體如何了，我們正在等待。」

遵守時間

法官審判移民不久的男人，他把妻子和情夫殺了。

「不要放在心上，你自己愛怎麼說就怎麼說。」法官對結結巴巴的新移民說。

「法官大人，我只是一個勞工，不惹麻煩的人，每天早上，我都很早就起床，一整天努力工作，回家吃晚飯、睡覺，第二天一早醒來，又像狗一樣工作，晚上吃飽飯就睡覺了！」

「嗯！」法官打斷他的話：「發生什麽事呢？」

「有一天我做工回來，桌上沒有晚餐，我的妻子和情夫正在床上睡覺，我心中很不爽，可是我啥也沒說。第二天我又努力出去工作，一回家又沒晚飯吃，妻子正和別的男人睡，我快要發狂，可是啥也沒說。第三天我又去工作，回家又沒飯吃，我看到了在床上睡的姦夫淫婦，就拿起斧頭砍了他們……這是我的晚餐時間嘛！」

獨占權

在德州發現石油而致富的男子抓到妻子偷情，他馬上拔起手搶殺了那男人。

在審判時，他說：

「關於她，我有獨占的挖取權。」

合起來的腳

惡名昭彰的寡婦N死了，她的棺木擺在墓穴，H看了就說：

FOR
SERVICE
RING
BELL
FOR
SERVICE
RING
BELL
FOR
SERVICE
RING
BELL

「有啥事情請按鈴」

「終於能在一起了！」

「什麼意思？」F不解地問：「N和死去的丈夫不可能在一起，你很了解吧！」

「我不是在說N的先生，」H耳語著：「我是說她的雙腳。」

命運

以婦女的兩隻腳來說，它們互相是好朋友，但是遺憾的事，最好的朋友，命運總註定要分離。

第十章　再一次機會

判斷

「醫生，我的兒子會尿床，所以我不放心。」G說。

「你不用擔心，這是正常的事。」醫生說。

「可是我和我太太都不認為這是正常的，而且我兒子的妻子也不認為這正常。」

再多我都要

因為那一方面的能力比較差，R一聽買黑麵包吃可增強精力，於是對麵包店老闆說：

「給我三個黑麵包！」

「都是黑麵包？」老闆問：「這吃不到一個就會變硬！」

「真的？」R問：「那麼再給我一個！」

兩週後

Ｊ因為精力非常衰弱而煩惱，醫生說：

「是運動不足的緣故，每天早上起來走十英里路看看，兩週後再告訴我成果！」

過了兩週，Ｊ打電話給醫生：

「喂，」醫生問：「你每天都走十英里路嗎？」

「是呀！」

「請你大聲點，我聽不清楚。」醫生說：「你和你太太房事順不順利？」

「我辦不到！」Ｊ喘著氣說：「我家裡已規定了要走一〇〇英哩。」

母牛效果

Ｎ和鎮上的醫生商量：

「我喜歡性喜歡得不得了！可是我太太有性冷感，是不是有啥辦法呢？如果這樣下去的話，我們的婚姻就完了！」

「真不幸！」醫生說：「在這鎮上有畜肉處理場，你知道！我到那兒去拿料理用的母牛卵巢，磨碎了成汁，給你太太喝，一天一湯匙！」

經過了幾週，N的妻子T，來到醫生之處看醫生。
「怎樣呢？」醫生問T：「那母牛的卵巢，有沒有效？」
「太棒了！」T回答。
「如何棒？」
「醫生，」T說：「我的乳房變大，所以我才能和電影公司簽約。」
「喔！那太好了！」
「可是吃東西卻會反芻！」
「喔！那是反芻作用，牛都會，還有呢？」
「最好的是，做愛次數增加了很多，我已經受不了了！」

驚人的效率

B夫人和醫生商量看看有啥驚人的方法，可增加老公A的精力。
「把這藥物拿一箱去。」醫生說：「每天一片，加在飲料中，就會愈來愈壯，你知道嗎？」

經過了約十天，夫人又來找醫生。

「怎麼了？」醫生問：「那藥有效吧！」

「第一週很好，」夫人回答：「每天晚上我從水井汲水，在那人的杯中放藥，可是上一次我把那個藥物連盒子掉進水中了！」

「那把井水汲起來不就好了！」醫生說：「為何不這樣做呢？」

「我試過！」夫人回答：「可是幫浦的柄翹上來就放不下來！」

超硬直

擔心丈夫不能的F夫人，偷偷地和醫生商量，同情她的醫生就開了特效藥。不幸的是，藥房老闆看錯了量，三盎司放了八盎司。

第二天F夫人改變了臉色，跑到醫生的診查室。

「怎麼了？」醫生問：「藥物無效嗎？」

「有效、無效，都要看醫生，有一天蓋棺時，他需要解藥！」

噴射機

在波音公司西雅圖工廠工作，結婚已二十一年的M，最近那方面有心無力，就去找醫生商量。

「M先生你們公司所做的巨無霸噴射機，如果長年使用的話，就會有金屬疲勞的情形吧？」醫生說：「你本身的噴射機也一樣，一點也不奇怪！」

羊毛

J發覺和妻子之間已觸了暗礁，因為在床上很不順，原因在他，他便去求教專家，專家建議其動手術，他就接受了，並且移植羊的那玩意兒，幾個月後，他再度拜訪專家。

「怎麼樣啊？」專家問J：「羊的東西能否解決你的問題？」

「不，」J回答：「好像跟毛毯墜入情網了！」

一萬伏特的乳房

電器技師F誤觸了一萬伏特電流的電線，被電倒在地面，由於診斷的處理得當才活過來，不過醫生警告：

「這種事故有時候會有後遺症，每個星期六你都要來找我，並且告訴我有啥問題！」

F和醫生的約定，每週都沒問題。

「你給我注意聽，」過了幾週，醫生說：「我一直在注意你，你經常都結結巴巴，是不是有啥不放心的事呢？說出來聽聽嘛！從出事之後，有啥較特別的？」

「說實在的，醫生，」F回答：「我想並沒有特別的事，不過晚上和太太的性事時……」

「我知道……然後呢？」

「當她達到高潮時，她的乳房會發亮！」

點心

M從醫院出來，表情嚴肅。

「你怎麼了啦?」他妻子珍問：「醫生說什麼？」

「好像不太好，」M回答：「醫生說，我的血液好像缺乏某種物質，想要得救只有喝母奶。」

「牛羊不可嗎？」

丈夫回答：「醫生說的呀！」

「如果不這樣的話，發不出聲音，過四、五年就不能唱歌了！」

「M，你不用擔心，」妻子說：「我會替你想辦法的！」

三天後，M以陰暗的表情回家，妻子開心的迎接他：

「M，我成功了！」她說：「你可以有母奶喝了，你的身體最重要，我和三樓的W夫人說了，她還年輕，可是她有嬰兒，過著單身的日子，母奶有餘，你每天過了中午就可以到她那兒去喝她的奶，我已安排好了！」

洋蔥

三星期後，M每天下班就到W夫人住所去，將沒有混合任何雜質的母乳當純開水喝。

那一天，他吸W夫人的乳房時，W夫人有一點心裡癢癢的感覺，他就開始摸他的頭髮。

「M先生，」她說：「你喜歡我的奶嗎？」

「嗯！」

「想不想有更快樂的事？」

「嗯，好！」

「除了吸奶以外，你認為啥好？不用客氣，啥事都可以。」

「除了吸奶以外……」他抬起頭。

「什麼呀？」W夫人催著。

「如果有小甜點之類就更好了！」

開業醫生D先生那一天喝酒喝得過多，正好在做精管切除手術，因為手一發抖就把患者睪丸切斷了，所以兩粒睪丸就滾到手術檯下，怎麼找也找不到！

「好了！好了！」醫生耳語：「這裡有午餐剩下來的兩個洋葱，H這傻瓜不會發現不一樣的！」

幾週後，這患者回來做手術後的檢查。

「手術後有啥不對勁？」醫生問。

「這個嘛！」患者說：「有幾點怪怪的。」

「啥事奇怪？」醫生問：「詳細說說看！」

「首先，」患者說：「每次有那個意思，就會心口灼熱，然後和她做愛時，她一達高潮，眼睛便會流眼淚，還有每次經過麥當勞，我那個會以很高的手勢豎立起來。」

趣味和實益

為人妻的瑪莉告訴她的醫生，說丈夫精力減退，請醫生幫她想辦法，醫生從抽倔拿出兩個藥丸，對瑪莉說：

「瑪莉，你仔細聽，這是很強烈的藥物，使用的時間很重要，加在晚餐後的咖啡裡正好！」

第二天，瑪莉來找醫生，眼睛發亮。

「醫生，太棒了！」瑪莉說：「我希望你能再給我多一點！」

「我說的沒錯吧！」醫生得意地說：「如何有效呢？」

「晚餐後的咖啡我放了兩粒，結果真不得了，」瑪莉笑著說：「他猛然地衝向我來，好像要撕開我的衣服似的，把我推倒在桌旁，然後更不得了，事情完畢，大飯店的主人已準備好一萬塊美金等著我們，歡迎我們每晚去表演！」

牽引

「你這個人真厲害，」單身漢L說：「連這國家中最有名的專家都治不好的失眠症，你一下子就治好了，怎麼回事呢？」

「沒什麼，」鎮上的藥劑師說：「我的處方放了禁慾劑，你的失眠原因是因為陽具勃起，而陽具勃起卻需要更多的皮，所以你的眼睛才不能張開。」

聲音

「醫生，」Ｌ說：「我那方面已不行了，同時我的耳朵也不靈光，連自己的屁都聽不見。」

「你服用這藥試試看，」醫生說：「一天一湯匙。」

「服用這藥物，我的重聽會好嗎？」Ｌ問。

「不行，」醫生回答：「但是可以讓放屁的聲音大一點。」

藥的味道

兩個老農夫悠然地坐在搖椅上，有一個人好像吃驚般地看著說：

「喂！你看，你的種豬正在追母豬，好像是要走到街道去，你不是在兩年前說過，牠年紀已太大，做種豬沒啥用，可是今天一見，牠的氣勢不弱，怎麽回事？」

「這都是托年輕獸醫的福。」另一名回答：「正如你所說，那隻種豬年紀已太大，給她母豬也完全不行。可是年輕獸醫一來就給我奇妙的藍色藥劑，然後我就按照規定去做，眼看著牠回春，一看到母豬就發情，拚命地追，用鞭子打也擋不住。」

「喔！那是什麼藥？」

「嗯……叫做……」老人回答：「我只記得有薄荷的味道！」

尺寸的平衡

J夫人來找醫生。

「我的丈夫希望你幫他想辦法，」夫人說：「他那個太小。」

「服用剛剛好的藥物，」醫生說：「一天一次，一定有效。」

過了六個月，J夫人又出現。

「一天一顆，可是沒進展呀！」J夫人說：「所以我們商量讓他把一盒全吃下去，請你幫他診斷一下。」

J把那東西拿出來，有五十公分。

「這不行，必須動手術才好。」醫生嘆氣。

「那麼，」J夫人問：「義肢長度有多長？」

「義肢？必須延長腳的手術？」夫人說。

同族的血

D在木工廠工作，不小心鋸到了B的那東西。外科醫生為了使他復原，B想出一個辦法，若每個人都提供一部份的話，那麼B就能恢復，家族中的人全同意，手術進行順利。

半年後，B回來複檢。

「一切看起來很正常，」醫生說：「情況如何呢？」

「沒有使用時，沒啥不同，」B痛苦地回答：「我想請問你們，為什麼要把我爺爺的部分擺在中間？」

第十一章　追求失去的時光

對身體不好

「我今天剛好一〇〇歲，八十五年來，我每天晚上都抱著女人睡，當然現在也是！」

「那不行，」醫生說：「馬上停止，如果你繼續，那麼你無法長壽。」

秘訣

要過一一〇歲的老人接受訪問：

「你到今天如此長壽，有啥秘訣？」記者問。

「太概是九〇年前的事，」老人說：「強姦二十五件、玩弄幼女十五件、公然猥褻十件，我能如此長壽，歸因於當年沒被抓住」。

為時已晚

90幾歲的老人，6人中有一人是男性。

但是在這年紀來說，男人要做什麼都太遲了！

姑娘的好處

老人們在討論最近的年輕人。

「你說，S，」有一人說：「談到最近的女孩真是不太像話了，年輕的男人也一樣。」

「完全正確！」S點頭：「可是女孩比男孩好。」

技術

一個八十六歲的老爺爺和十七歲的姑娘結婚，初夜時，老夫就問少妻：

「你有沒有學過性愛的技巧？」

「沒有！」新娘回答。

「這就糟了，」老丈夫說：「我已忘了！」

最初的一句話

新郎八十九歲，新娘十九歲，結婚洞房之夜，不說：『來吧！』，而是說：『來試試看吧！』

新婚之夜

年輕的姑娘為了錢和億萬富翁結婚。

結婚初夜，新娘開心地跳上床，等待老丈夫，結果老丈夫舉起手，比著手指。她很高興地叫著：「你要五次嗎？」

「不，」老丈夫說：「你是喜歡哪一隻手指，選吧！」

只是謊話

八〇歲老人來找醫生。

「我希望跟我朋友一樣才來的。」老人說：「他和我年紀一樣大，但是他一星期七天都和女人那樣？」

「好啊！」醫生回答：「如果你也和他一樣說謊。」

拘泥於某事

老夫妻在尼加拉瓜旅館問有沒有房間。

「只有新婚套房。」櫃台說。

「喂！」老人說：「我們結婚已40年，我們不要新婚套房，我們要普通套房。」

「空房間只有這些。」

「結婚四十年啦！住在新房做啥呢？」

「你想想看，」櫃台男人說：「如果我們租給你們美國式的球場，你們也不一定要在那兒打棒球呀！」

汗

「真令人不放心。」老年人跟醫生商量：「跟我妻子做那種事時，第二次一定流汗流得很厲害！」

「喔！」醫生說：「你幾歲？」

「我八十三歲，我太太八十一歲。」

「那麼第一次流汗特別厲害，請問一、二次間隔多久呢？」

「第一次是一月，第二次是七月。」老人說。

邁阿密天氣

一整年都像夏天的邁阿密一月，兩個老人坐在椅子上，有一人說：

「你還和女人那樣嗎？」

「是！」

「喔？多久一次，一天一次？一星期一次，一個月一次？」

「一年一次，在冬天。」老人回答。

「那麼今年已搞過了！」

「說什麼話，看天氣，你說這是冬天嗎？」

正解

你記得嗎？以前你的球也像毛線團。

老人悲傷地說：

「用那軟軟的東西去做愛，就好像用繩子去划船。」

總統的秘密

關於雷根的性生活，接受記者訪問的南茜反問他們：

「你們哪一位看過用繩子去撞球的？」

白蟻的嗜好

老農夫來找鎮上的醫生。

「我的太太大腿間怪怪的，」老農夫說：「我想可能長了陰蝨。」

「讓我看看。」醫生檢查。

「不是的，這不是陰蝨，是白蟻，牠們喜歡在枯木上。」

新音階

電視的主持人來到觀衆席去問老人。

「你的人生最精彩的部分是?……」

「當然有，」老人回答：「我曾經發明過木製的拉鍊，然後我發現過去沒人聽過的比高音階還高的奇妙音階。」

「喔!這真有趣，」主持人說：「那說出來聽聽。」

「好，」老人回答：「我把木製的拉鍊裝在褲子上，用力拉下時，發現了新音階。」

為難

一〇〇歲的老婆婆，被新聞記者採訪。

「你有沒有從床上起不來的經驗。」記者問。

「有啊!」老婆婆紅著臉說：「可是如果登報的話真叫人難為情。」

感傷

她是個多愁善感的女人，她經常懷念從此地拔營前往遠方，為數衆多的戰士，所以她經常穿著黑色的內褲。

進步的女性

這是街頭採訪。有一個記者叫了老女人而問：

「請問你對於性解放運動有何感想？」

「我不知道！」這位老女人回答：「老實說，我不管是任何人，只要把我看成性伴侶，任何人都好！」

試試

八〇歲的未亡人S夫人受到姪女的介紹，決定住到養老院去，而且要先進去住住看，如果認為合適，才住下去。

兩天後，姪女收到S夫人的電話：

「麻煩你把我的衣服拿幾件過來吧！我要的是粉紅色褲裝和有花朵的女襯衫，

然後，有金邊的晚禮服也要送來，如果你同意的話，上一次你買的金色假髮順便帶給我，這個週末，這裡要舉行舞會，可能我會喜歡這裡，當初你忘了告訴我，養老院中有很多男人。」

安慰

一對初戀男女，五十年後偶然碰頭。

「我已經到此種年紀，無論做啥事，都不怕受到任何人的干涉，咱們上床吧！想想經過好漫長的光陰啊！」

「等一下，要不要戴上保險套？」

「嗯？為什麼？我已不會懷孕了呀？」

「不是這個意思，我是怕你太潮濕，害我患上風濕症狀，就麻煩了！」

語言學

語言學者J到偏僻的鄉下進行方言調查。

「請問這位女士，媽媽的孩子指什麼？」他向一位村中寡婦問。

「你也真是的，你是男人，也有那一條，被那一條插進去而生下的孩子，叫做媽媽的孩子。」

內幕

有三個上了年紀的女性對死去的丈夫都說出了誇張的話：

「我的丈夫是建築師，蓋過摩天大樓般的房子。」第一個女人說。

「我的丈夫是音樂家，曾經在卡內基大廳演奏過。」第二個女人懷念地說。

「我的丈夫的那一條是龐然大物，」第三個女性懷念地說：「怒髮衝冠時能達到讓十隻小鳥停在上頭，還有間隔。」

但是多聊一會，解除彼此心防之後，她們開始說出真相：

第一個女人說：「老實說，我老公從未蓋過摩天樓，只在鄉下設計過兩座矮房子。」

「我也是，」第二個女人說：「我的丈夫不曾在卡內基大廳演奏過手風琴，他是一個帶著猴子，和手風琴，在街頭賣藝討錢的人！」

「我剛才也純屬虛構！我丈夫的那玩意兒只能停二隻小鳥，緊緊靠著，第二隻小鳥只能單腳站立。」第三位女士也說出真相。

輪胎

養老院的大門口上，兩個老婦人在想她們已死去的丈夫們。

「我的丈夫老了之後，無法再追女人。家中寧靜了不少。」其中一個人說。

「我先生的年紀沒啥影響，」一個老太婆說：「要讓我先生乖下來，只有把輪胎的氣放掉！也就是輪椅的輪胎！」

判別

一位五、六十歲的紳士到醫生那兒檢查：

「我的內人一定染上AIDS，不然就到老年癡呆症！」

醫生告訴他判別方法：「你帶你太太到森林去，然後把她留在那兒。」醫生說

「如果回來的話，你就不能和你太太做那件事！」

第十二章　肉體的探求

乳房的大小

一個女性客人正在選胸罩，始終找不到適合的，因為乳房左右不平均，店員說：

「並不是我特別好奇，但是你的胸脯一個比另一個大很多，為什麼？」

「說得也是，」女顧客說：「我只告訴你，別告訴別人，我非常愛我的丈夫，但是他不吸我的奶就睡不著，所以變這樣！」

「奇怪，我丈夫也是，可是我很平均啊！」

「大概，」女顧客說：「你睡雙套房。」

尺寸

太太叫他去買胸罩的F，當店員問他尺寸時：

「八又二分之一！」

「不，那是帽子的尺寸。」店員說。

「沒關係，」F說：「因為那和我帽子一樣大。」

露出來的奶

P夫人買了露胸服裝回來。

「你看我的胸部很美麗吧！」夫人向丈夫說：「因此我早想買這種款式的衣服！」

不久，這對夫妻到海灘參加舞會，此時，夫人說：「奇怪，為何胸口很悶？」

「要快快伸直背，你的奶碰到濃湯了！」

S尺寸

M和太太L在農地挖馬鈴薯。

L拼命地埋怨：「真討厭，明天要參加舞會，可是街上的人經常喧嚷要看我的胸，有那麼大嗎？眞令我不好意思。」

「那不行，」M說：「明天舞會，你就告訴自己：『我是S尺寸。』」

「你說得也對，」L點頭：「那另當別論，我多了兩堆怎麼辦？」

「你拿起胸罩裝馬鈴著，就可輕鬆搬走了！」

減　肥

替人洗衣服的M，減了三十五公斤的肥肉，因為她把右乳夾在洗衣機中。

悲傷的決定

街上少女所組成的交響樂團，今後要坦胸演奏，演奏經多數決定，結果擔任敲鈸的少女脫離了樂隊。

奶的味道

喝著奶粉，把奶粉放在奶瓶裡的嬰兒有兩個，喝母奶的嬰兒只有一個，彼此在聊天。

奶瓶娃娃說：「我的牛奶經常放在冰箱中，好冷！」

「我的太熱！」另一名喝牛奶的娃娃說：「舌頭都快燙傷了！」

「你們別埋怨了，」喝母奶的嬰兒說：「你們至少可獨占奶瓶，可是我卻必須吸那有雪茄味的母奶！」

陽具象徵

語言學教授叫一位女學生到辦公室來。

「老師，你說陽具象徵，我不了解，怎麼一回事？」女學生問。

「就是這東西。」教授把褲子拉下，掏出來。

女學生說：「我懂了，那和男生一模一樣，並非指特別小的，對不對？」

象　徵

在鄉下大學城的小小酒吧中，正喝得非常熱鬧，在這種必須立刻付錢的酒吧，一位不愛說話的女招待，端來數杯啤酒時，付錢的學生在盤子上放了一毛錢小費。

「是一毛錢嗎？」女招待不可置信地問。

「是的，」吝嗇學生回答：「對我來說，這是一種象徵性行為，也就是我對男人的尺寸，每一英吋付一便士的原則。」

「但是，」這個女招待反問：「我想知道那多餘的五毛錢是為了什麼？」

難以證實

矮小的S和年輕姑娘跳舞。

「我的那個進入你的那兒了！」S問。

「什麼？那兒有你的那個在裡面？」

「是！」S回答。

「還是你的那個在欺騙我的那兒！」

自鳴得意

從心裡自鳴得意的男人和自鳴得意的女人做了愛。

「我的緊不緊！」女的問。

「只是擠滿了而已。」男的回答。

三輪車

M買了新衣服，他向太太說：「褲子前的拉鍊有十二英吋長！」

「那又怎麽？」太太一點也不在意地說：「我兒子打造了可以放三輛汽車的車庫的門，而讓三輪車出來。」

剪　影

芭蕾舞著名的演員B，到以色列的首都特拉維夫去，他到特拉維夫第一有名的服裝店訂製芭蕾舞裝。

「你清楚，我身體部位不能有一點空隙，衣服要完全合身；並且要讓人知道我是男性才可以。」

「我知道，先生，」那人直接了當的說：「不僅是男性，連你是猶太人都可看出來！」

大炮問答

2個男人在三溫暖聊天。

「你似乎經過割禮，你是猶太人嗎？」

「不，我磨斷了，因為使用過度！」

通知

醫生告訴來接受檢查的F。

「有好消息和不好的消息！」

「那麼請告訴我好消息！」F說。

「你的陽具長多了五公分，直徑多了三公分。」醫生說。

「那好棒，」F高興地說：「那不好的消息呢？」

「那是惡性瘤！」

不管用

「你丈夫最近都不見人影，怎麼回事？」P太太問。

B太太回答：「他接受盲腸炎手術！」

「什麼是盲腸炎。」P太太問。

「聽說就是割除那種不管用的東西！」B回答。

「嗯？在肚子下面不管用的東西，我那老傢伙也有，割掉比較好嗎？」

超級迷你尺寸

B太太經常抱怨丈夫那話兒短小，據她說：要知道他是不是需要，必須照X光才行。

硬度問答

老阿婆問老太婆：

「你呀！上次鄰居給我的自製冰淇淋你不要嗎？硬度如何？」
「跟我那個差不多一樣！」
「那麼倒在杯子裡！」

到達點

E和M兩人到六十歲終於離婚，過了不久，E和二十歲的女孩結婚，M也和二十歲的男孩結婚，有一天兩人在街上碰頭。
「不是M嗎？」E得意地說：「離婚後我真是如魚得水，我和二十歲的女孩結婚，夜夜爽快！」
「我比你更享受！」M反脣相識。
「比我好？怎麼回事？」
「六十歲的東西進入二十歲的東西，不如二十歲的東西進入六十歲的東西更來得深。」

最棒的女人

蘇格蘭人很拘束，印地安人熱情，因此蘇格蘭人和印地安人的混血的女人最棒！

回音

好萊塢著名的女明星身體不好去找醫生，他說身體不好，其實是她那個地方有點奇怪，檢查的醫生說：

「啊！真令人吃驚，那麼大、那麼大！」

「我知道，」女演員說：「你不用說兩遍。」

「我不再說、我不再說。」醫生說。

偏差

有位法國醫生忠告女性，騎馬要橫坐，他的主張是要騎馬時，女性像男人一樣坐的話，女性的重要部位會偏向後面。

不稀罕

鄉下在大拜拜，農民J看著非常胖的女人和紋身的男人，兩個狗般的少年，享樂者，不久來到小帳蓬前。拉客的向J打招呼。

「先生、先生，進來瞧瞧，這真是世界上的奇蹟，和女人具有相同東西的母牛，只要五毛錢，你就可以看到和女人相同的母牛喲！」

「那有啥大不了！我老婆和母牛一模一樣！」

一模一樣

牛的評定會，一個農夫A大聲地哭。

「喂，A爺爺，怎麽了？」認識A的人問他。

「難道這樣不能哭嗎？」老頭說：「J母牛的那個地方和人類女人一樣，所以有一〇〇美金的價值。我的太太和母牛的那地方完全相同，可是他們說連一毛錢的價值都沒有！」

人工呼吸

J到海邊前，想先吃大蒜，「大蒜對身體好」她想。

「所以我們先吃了兩片大蒜三明治，大海上她被浪捲走，幸好有二個男人抱起她，讓她躺在沙灘上。」

「從嘴裡吹氣進去做人工呼吸吧！」一個說：「我去叫救護隊員。」

不久救護隊員來了，看到那年輕人在J的那地方拚命吹氣。

救護員說：「還活著，但是你不懂人工呼吸法！」

「我知道，」年輕人說：「但是她有口臭，我無法忍受！」

聚　集

M在公寓樓梯上坐下來吃比薩，隔壁太太經過，發現M沒穿內褲。

「M，你為何不穿內褲？」

M說：「我這樣吃，蒼蠅才不會聚集在我的比薩餅上。」

父母心

結婚儀式時，波蘭新娘的父親會將結婚儀式的場地牆壁塗上牛糞，避免蒼蠅聚集。

臭鼬

鄉下的公車上，上來一位農家太太帶著臭鼬。

「小貓而已。」太太告訴司機。

不久公車充滿了臭味，於是公車司機就生氣了：

「那個帶好臭東西上來的太太請下車，好嗎？」

此時有五個女性下了公車，其他七個女性把膝蓋夾緊。

臭的元凶

L發現雪中快死的小臭鼬，帶牠回家。

「你帶牠回家做什麼？」太太問。

「牠快死了，我不能見死不救，你就把牠帶在腳間，一起取暖，一起睡吧！」

「但是那兒很臭。」太太說。

「牠會習慣的。」

妻的香味

太太們的宴席上，大家稍微熟了之後，一個靈巧的人向女主人提議：「妳先生正在看電視，我們矇住他的眼睛，在他周圍走動，請你先生猜誰親他。」於是遊戲開始。

不久一位愛搗蛋的太太想起一個點子，她突然把內褲脫了，把屁股送到他面前。

被矇住的男人對著屁股親。別人大聲問那是誰？

「我太太，」男人回答：「我常叫她漱口，她卻……」

原因

那個印第安人弄錯了太太和垃圾筒，聽說垃圾筒比較好，洞也比較小。

魚的味道

亞當和夏娃第一次做愛結束，在伊甸園草地上，神出現了。

「如何呀？」神問：「你喜歡做愛嗎？」

「是的！」亞當回答：「太棒了！」

「她呢？」

「她也很喜歡。」

「但是夏娃去哪裡？不見蹤影？」

「她到河邊去洗澡！」亞當回答。

突然天空一片黑，神抓起頭髮。

「怎麼回事？」亞當問。

「你還問，這樣以後河裡的魚都沒辦法去除那種味道！」

香味的引導

M爺爺非常得意於他那鼻子靈敏的狗，有一天老人在村裡外面小河釣魚時，釣到蕾絲內褲，於是老人把內褲給狗聞，然後跑在狗的後頭……。

那一隻狗就帶著老人到大群鱒魚在的地方，而釣到了很多魚。

賣魚

農民上氣不接下氣的說：

「Z大爺，有人和你老婆正在做那種事！」

「是咱們村中的胖子嗎？」

「沒錯，並且他戴著茶色棒球帽！」

「對了！」Z說：「那是賣魚的D。他的鼻子已不管用了，不管多可怕的味道，他也不在乎！」

遺傳病

J是退役軍人，從越南回來已有許多年，但仍揮不去惡夢陰影。有一天早上他太太N被J所吵醒。他在太太屁股後面吵吵鬧鬧：「中士，中士，你看，我發現了越共的隧道！」

選別

要看清楚，女人是否穿褲襪需要有銳利的眼睛，他放屁時要仔細看她的膝蓋，如果她的膝蓋鼓起就是穿褲襪！

分辨方法

瑪莉這女人是不是月經來，立刻可以知道，當她月經來時，她只穿一邊的襪子，因為另一條在使用的緣故！

第十三章　每日的愛與黃金

一場

有一點腦筋遲鈍的K去旅行，一坐上火車，他那車廂非常擠，美麗的姑娘坐在那兒，他鼓起所有勇氣，問她用啥香水！

「香奈兒五號！」女人冷淡地回答：「一瓶五十元美金！」

話結束不久，K的肚子隱隱作痛，肚中累積了瓦斯，不得已，K小心而不發出聲音，將非常臭的屁放出。女人瞪著K，K就告白：

「這是豌豆，一瓶五毛錢！」

挑戰

波蘭人、黑人、法國人到了地獄去，這時撒旦告訴他們三個如果能說出惡魔做不到的事，就可以從地獄出來！

「把世界中所有西瓜帶到這兒！」黑人說。

於是他被壓死在西瓜堆中！

「你能替我將全世界的香檳弄來吧！」法國人說。
他立刻溺死在香檳海中。
「那輪到我了。」波蘭人快樂地說。
他放了個屁：「現在快把屁抓來！」

第三個跳板

H和M兩個人共同在經營水電行。有一天有錢人叫H去修理太太浴室的漏水，要回家之前，就在豪華的廁所方便。
「金的廁所，當我拉完之後，腳旁的三個踏板，我踩第一個，水便沖洗我的屁股，接著踩第二個踏板，我受到按摩！」
「第三個踏板如何呢？」M問。
「只有那一個我不知道，」他快吐出來般地說：「我一踏那板著，就有黑色的東西推起我的屁股！」

新曲

D在酒吧買啤酒和一個大泡芙放在自己面前，一隻猴子不知從何處冒出，坐在酒杯旁，將睪丸浸入杯中。

生氣的D再要了一杯，但也一樣，突然出現的猴子把睪丸又放入杯中，第三杯也一樣，他無法忍受，便叫了酒保來：「這猴子真沒禮貌！」

「先生對不起！」酒保說：「這猴子是那位鋼琴師養的，你向他說說看！」

D走向鋼琴師：「喂，你知道你的猴子把睪丸放在我的酒杯中吧？」

「我沒聽過那首曲子，你先唱前面兩、三個音，我再試試！」

黃金譚

N將昨晚舞會的事說給A聽。

「我第一次看到那麼棒的房子，好精緻的廁所。」

「精緻的廁所？」A說：「我不相信你的話！」

N就說：「我會證明給你看，地址我忘了，但是找一下就可以了！」

兩人來到那住宅區，N走到一樓房子前。N說：「我記得是這裡。」兩個人便按了門鈴。開門的是平凡的家庭主婦。

「太太，你昨晚是否在家中舉行舞會？」

太太回答：「有呀！」

N又說：「你家有金廁所？」

太太說：「請進！」

兩個人一進去，太太就關上門，向二樓喊：「老公，昨晚在你的低音大喇叭拉大便的人來了！」

援助

在公園的公廁中塗牆壁的油漆匠，滑了腳掉入毛坑，這工人便喊：失火了！失火了！

聽到聲音的人便通報消防隊，將他救起。

「你為什麼要說失火？」消防隊員說。

「沒錯，我總不能說『大便、大便』，這樣你們會來救我嗎？」工人說。

滑　落

要加入黑手黨跟舔舔那地方很像，為什麼？因為舌頭一滑落，便滿嘴是大便！

換換口味

兩個食人族的男人攀登一座很陡的山，一前一後，此時後面的男人開始舔前面男人的屁股。

「幹什麼？」前面的喊：「你是否想吃人？」

「沒有，」後面的回答：「我今天早上吃了德州來的美國人，而那味道還留在口中，我想換換口味！」

熱　身

一家很雅緻的酒吧，一個男人來問調酒員：

「喂！如果我用屁股唱歌，你可以讓我白喝嗎？」

「可以呀！」調酒員說。

這男人一上酒吧的吧檯，突然解了一堆大便，酒吧的客人紛紛掩鼻走避。

「怎麼回事？」調酒員生氣地說。

「你先別激動，」男人向調酒員解釋：「要唱歌也總得先清清喉嚨呀！」

會思考的屁股

義大利人如何形容在屁股所形成的痣呢？你知道嗎？叫腦腫瘤！

混　蛋

日本的I教授向學生敍述研究生活的感想。

「日本這國家真不可思議，」教授說：「重視儀式，太有禮貌、好清潔……然而政治家全是沒教養、貪婪的人，例如現在的首相 Talk Shita，改一點音便是 T ake a shit，那個人是不是在肚裡經常向國民如此說呢！」

文化和語言的表現

猶太人的語言感覺和他們的文化傳統有關聯，非常獨特，例如英文的Fusk you，在日本等於吃大便，但是猶太人有這種意思時，會說：相信我吧！

齒

一個年輕人來到舊金山，他坐在牙醫的椅子上，將褲子前拉開，將那玩意掏出來。

「喂？你在做什麼」醫生喊：「我是牙醫，不是醫生！」

「我知道，」這年輕人以人妖的語氣說：「我這裡有牙齒。」

治療男人

「大夫，謝謝你治好我的同性戀傾向，已沒問題了，所以我來向大夫告別，我可以親你一下嗎？」

「你不要說傻話，男人彼此是不親嘴的，像你我這樣躺在長檯上都不行！」

風聲

一個人在浴室，一個人在寢室，在浴室的邊剃鬍子邊說：

「你知道嗎？公司的人說我是怪人？」

沒有回答。

「你知道有人說我變態嗎？」

沒有回答。

「亨利，公司的人說我同性戀耶！」

只有喝

「酒保，來杯威士忌！我要雙人份的！」L說。

「L，你怎麼了？」酒保問：「你不是不喝酒嗎？」

「沒錯，但是我剛剛發現我哥哥是同性戀者！」

第二天，L又到酒吧來，又要雙份威士忌，而且要兩杯。

「L，怎麼了？」酒保問：「昨天才一杯，今天兩杯！」

「連我弟弟也是同性戀，我現在才知曉。」

過一天，L又來。

「調酒員，給我一瓶威士忌，我喝完之前，別問我為什麼？」

「唉！我真不懂，這世界難道沒有喜歡女人的人？」酒保說。

「有啊！我妹妹！」L回答。

禮拜三、四、五

在印度內地駐軍的英國守備隊，從本國送來一個軍官，隊長H和他會面時說：

「中尉，這地方很無聊，但是我們已備好享樂之法，今天是星期三，享樂日，可喝任何酒！」

「對不起，我不喝酒！」中尉說：「我的身體一點也不適合喝酒。」

「沒關係，明天是禮拜四，禮拜四是女人之日，會從街上帶來一些女人，你想怎樣就可怎樣！」

「對不起，」中尉說：「我這方面一點也不行，我很愛我的媽媽、姐姐，我不想做那種事！」

「中尉，」隊長說：「我問你，你是不是同性戀者？」

「完全不是！」中尉回答。

「太可憐了！你連週五也不能享樂！」

六分之一

在同性戀者中流行一種新的蘇聯式賭盤：

六個男人中，一個做伴侶，過一個晚上，一個染上了AIDS。

完璧主義

凡是怕染上梅毒、疱疹、AIDS、淋病的男人，我們將其稱為無可救藥的浪漫主義者。

大展出版社有限公司　圖書目錄

地址：台北市北投區(石牌)
致遠一路二段12巷1號
郵撥：0166955～1

電話：(02)28236031
28236033
傳真：(02)28272069

・法律專欄連載・電腦編號58

台大法學院　法律學系／策劃
法律服務社／編著

1. 別讓您的權利睡著了1		200元
2. 別讓您的權利睡著了2		200元

・秘傳占卜系列・電腦編號14

1. 手相術	淺野八郎著	180元
2. 人相術	淺野八郎著	180元
3. 西洋占星術	淺野八郎著	180元
4. 中國神奇占卜	淺野八郎著	150元
5. 夢判斷	淺野八郎著	150元
6. 前世、來世占卜	淺野八郎著	150元
7. 法國式血型學	淺野八郎著	150元
8. 靈感、符咒學	淺野八郎著	150元
9. 紙牌占卜學	淺野八郎著	150元
10. ESP超能力占卜	淺野八郎著	150元
11. 猶太數的秘術	淺野八郎著	150元
12. 新心理測驗	淺野八郎著	160元
13. 塔羅牌預言秘法	淺野八郎著	200元

・趣味心理講座・電腦編號15

1. 性格測驗① 探索男與女	淺野八郎著	140元
2. 性格測驗② 透視人心奧秘	淺野八郎著	140元
3. 性格測驗③ 發現陌生的自己	淺野八郎著	140元
4. 性格測驗④ 發現你的真面目	淺野八郎著	140元
5. 性格測驗⑤ 讓你們吃驚	淺野八郎著	140元
6. 性格測驗⑥ 洞穿心理盲點	淺野八郎著	140元
7. 性格測驗⑦ 探索對方心理	淺野八郎著	140元
8. 性格測驗⑧ 由吃認識自己	淺野八郎著	160元
9. 性格測驗⑨ 戀愛知多少	淺野八郎著	160元
10. 性格測驗⑩ 由裝扮瞭解人心	淺野八郎著	160元

11. 性格測驗⑪ 敲開內心玄機　淺野八郎著　140元
12. 性格測驗⑫ 透視你的未來　淺野八郎著　160元
13. 血型與你的一生　淺野八郎著　160元
14. 趣味推理遊戲　淺野八郎著　160元
15. 行為語言解析　淺野八郎著　160元

・婦 幼 天 地・電腦編號 16

1.	八萬人減肥成果	黃靜香譯	180元
2.	三分鐘減肥體操	楊鴻儒譯	150元
3.	窈窕淑女美髮秘訣	柯素娥譯	130元
4.	使妳更迷人	成　玉譯	130元
5.	女性的更年期	官舒妍編譯	160元
6.	胎內育兒法	李玉瓊編譯	150元
7.	早產兒袋鼠式護理	唐岱蘭譯	200元
8.	初次懷孕與生產	婦幼天地編譯組	180元
9.	初次育兒 12 個月	婦幼天地編譯組	180元
10.	斷乳食與幼兒食	婦幼天地編譯組	180元
11.	培養幼兒能力與性向	婦幼天地編譯組	180元
12.	培養幼兒創造力的玩具與遊戲	婦幼天地編譯組	180元
13.	幼兒的症狀與疾病	婦幼天地編譯組	180元
14.	腿部苗條健美法	婦幼天地編譯組	180元
15.	女性腰痛別忽視	婦幼天地編譯組	150元
16.	舒展身心體操術	李玉瓊編譯	130元
17.	三分鐘臉部體操	趙薇妮著	160元
18.	生動的笑容表情術	趙薇妮著	160元
19.	心曠神怡減肥法	川津祐介著	130元
20.	內衣使妳更美麗	陳玄茹譯	130元
21.	瑜伽美姿美容	黃靜香編著	180元
22.	高雅女性裝扮學	陳珮玲譯	180元
23.	蠶糞肌膚美顏法	坂梨秀子著	160元
24.	認識妳的身體	李玉瓊譯	160元
25.	產後恢復苗條體態	居理安・芙萊喬著	200元
26.	正確護髮美容法	山崎伊久江著	180元
27.	安琪拉美姿養生學	安琪拉蘭斯博瑞著	180元
28.	女體性醫學剖析	增田豐著	220元
29.	懷孕與生產剖析	岡部綾子著	180元
30.	斷奶後的健康育兒	東城百合子著	220元
31.	引出孩子幹勁的責罵藝術	多湖輝著	170元
32.	培養孩子獨立的藝術	多湖輝著	170元
33.	子宮肌瘤與卵巢囊腫	陳秀琳編著	180元
34.	下半身減肥法	納他夏・史達賓著	180元
35.	女性自然美容法	吳雅菁編著	180元
36.	再也不發胖	池園悅太郎著	170元

37. 生男生女控制術	中垣勝裕著	220 元
38. 使妳的肌膚更亮麗	楊　皓編著	170 元
39. 臉部輪廓變美	芝崎義夫著	180 元
40. 斑點、皺紋自己治療	高須克彌著	180 元
41. 面皰自己治療	伊藤雄康著	180 元
42. 隨心所欲瘦身冥想法	原久子著	180 元
43. 胎兒革命	鈴木丈織著	180 元
44. NS 磁氣平衡法塑造窈窕奇蹟	古屋和江著	180 元
45. 享瘦從腳開始	山田陽子著	180 元
46. 小改變瘦 4 公斤	宮本裕子著	180 元
47. 軟管減肥瘦身	高橋輝男著	180 元
48. 海藻精神秘美容法	劉名揚編著	180 元
49. 肌膚保養與脫毛	鈴木真理著	180 元
50. 10 天減肥 3 公斤	彤雲編輯組	180 元
51. 穿出自己的品味	西村玲子著	280 元

・青 春 天 地・電腦編號 17

1. A 血型與星座	柯素娥編譯	160 元
2. B 血型與星座	柯素娥編譯	160 元
3. O 血型與星座	柯素娥編譯	160 元
4. AB 血型與星座	柯素娥編譯	120 元
5. 青春期性教室	呂貴嵐編譯	130 元
6. 事半功倍讀書法	王毅希編譯	150 元
7. 難解數學破題	宋釗宜編譯	130 元
9. 小論文寫作秘訣	林顯茂編譯	120 元
11. 中學生野外遊戲	熊谷康編著	120 元
12. 恐怖極短篇	柯素娥編譯	130 元
13. 恐怖夜話	小毛驢編譯	130 元
14. 恐怖幽默短篇	小毛驢編譯	120 元
15. 黑色幽默短篇	小毛驢編譯	120 元
16. 靈異怪談	小毛驢編譯	130 元
17. 錯覺遊戲	小毛驢編著	130 元
18. 整人遊戲	小毛驢編著	150 元
19. 有趣的超常識	柯素娥編譯	130 元
20. 哦！原來如此	林慶旺編譯	130 元
21. 趣味競賽 100 種	劉名揚編譯	120 元
22. 數學謎題入門	宋釗宜編譯	150 元
23. 數學謎題解析	宋釗宜編譯	150 元
24. 透視男女心理	林慶旺編譯	120 元
25. 少女情懷的自白	李桂蘭編譯	120 元
26. 由兄弟姊妹看命運	李玉瓊編譯	130 元
27. 趣味的科學魔術	林慶旺編譯	150 元
28. 趣味的心理實驗室	李燕玲編譯	150 元

29. 愛與性心理測驗	小毛驢編譯	130元
30. 刑案推理解謎	小毛驢編譯	180元
31. 偵探常識推理	小毛驢編譯	180元
32. 偵探常識解謎	小毛驢編譯	130元
33. 偵探推理遊戲	小毛驢編譯	130元
34. 趣味的超魔術	廖玉山編著	150元
35. 趣味的珍奇發明	柯素娥編著	150元
36. 登山用具與技巧	陳瑞菊編著	150元
37. 性的漫談	蘇燕謀編著	180元
38. 無的漫談	蘇燕謀編著	180元
39. 黑色漫談	蘇燕謀編著	180元
40. 白色漫談	蘇燕謀編著	180元

·健康天地· 電腦編號 18

1. 壓力的預防與治療	柯素娥編譯	130元
2. 超科學氣的魔力	柯素娥編譯	130元
3. 尿療法治病的神奇	中尾良一著	130元
4. 鐵證如山的尿療法奇蹟	廖玉山譯	120元
5. 一日斷食健康法	葉慈容編譯	150元
6. 胃部強健法	陳炳崑譯	120元
7. 癌症早期檢查法	廖松濤譯	160元
8. 老人痴呆症防止法	柯素娥編譯	130元
9. 松葉汁健康飲料	陳麗芬編譯	130元
10. 揉肚臍健康法	永井秋夫著	150元
11. 過勞死、猝死的預防	卓秀貞編譯	130元
12. 高血壓治療與飲食	藤山順豐著	150元
13. 老人看護指南	柯素娥編譯	150元
14. 美容外科淺談	楊啟宏著	150元
15. 美容外科新境界	楊啟宏著	150元
16. 鹽是天然的醫生	西英司郎著	140元
17. 年輕十歲不是夢	梁瑞麟譯	200元
18. 茶料理治百病	桑野和民著	180元
19. 綠茶治病寶典	桑野和民著	150元
20. 杜仲茶養顏減肥法	西田博著	150元
21. 蜂膠驚人療效	瀨長良三郎著	180元
22. 蜂膠治百病	瀨長良三郎著	180元
23. 醫藥與生活(一)	鄭炳全著	180元
24. 鈣長生寶典	落合敏著	180元
25. 大蒜長生寶典	木下繁太郎著	160元
26. 居家自我健康檢查	石川恭三著	160元
27. 永恆的健康人生	李秀鈴譯	200元
28. 大豆卵磷脂長生寶典	劉雪卿譯	150元
29. 芳香療法	梁艾琳譯	160元

30. 醋長生寶典	柯素娥譯	180 元
31. 從星座透視健康	席拉・吉蒂斯著	180 元
32. 愉悅自在保健學	野本二士夫著	160 元
33. 裸睡健康法	丸山淳士等著	160 元
34. 糖尿病預防與治療	藤田順豐著	180 元
35. 維他命長生寶典	菅原明子著	180 元
36. 維他命 C 新效果	鐘文訓編	150 元
37. 手、腳病理按摩	堤芳朗著	160 元
38. AIDS 瞭解與預防	彼得塔歇爾著	180 元
39. 甲殼質殼聚糖健康法	沈永嘉譯	160 元
40. 神經痛預防與治療	木下真男著	160 元
41. 室內身體鍛鍊法	陳炳崑編著	160 元
42. 吃出健康藥膳	劉大器編著	180 元
43. 自我指壓術	蘇燕謀編著	160 元
44. 紅蘿蔔汁斷食療法	李玉瓊編著	150 元
45. 洗心術健康秘法	竺翠萍編譯	170 元
46. 枇杷葉健康療法	柯素娥編譯	180 元
47. 抗衰血癒	楊啟宏著	180 元
48. 與癌搏鬥記	逸見政孝著	180 元
49. 冬蟲夏草長生寶典	高橋義博著	170 元
50. 痔瘡・大腸疾病先端療法	宮島伸宜著	180 元
51. 膠布治癒頑固慢性病	加瀨建造著	180 元
52. 芝麻神奇健康法	小林貞作著	170 元
53. 香煙能防止癡呆？	高田明和著	180 元
54. 穀菜食治癌療法	佐藤成志著	180 元
55. 貼藥健康法	松原英多著	180 元
56. 克服癌症調和道呼吸法	帶津良一著	180 元
57. B 型肝炎預防與治療	野村喜重郎著	180 元
58. 青春永駐養生導引術	早島正雄著	180 元
59. 改變呼吸法創造健康	原久子著	180 元
60. 荷爾蒙平衡養生秘訣	出村博著	180 元
61. 水美肌健康法	井戶勝富著	170 元
62. 認識食物掌握健康	廖梅珠編著	170 元
63. 痛風劇痛消除法	鈴木吉彥著	180 元
64. 酸莖菌驚人療效	上田明彥著	180 元
65. 大豆卵磷脂治現代病	神津健一著	200 元
66. 時辰療法—危險時刻凌晨 4 時	呂建強等著	180 元
67. 自然治癒力提升法	帶津良一著	180 元
68. 巧妙的氣保健法	藤平墨子著	180 元
69. 治癒 C 型肝炎	熊田博光著	180 元
70. 肝臟病預防與治療	劉名揚編著	180 元
71. 腰痛平衡療法	荒井政信著	180 元
72. 根治多汗症、狐臭	稻葉益巳著	220 元
73. 40 歲以後的骨質疏鬆症	沈永嘉譯	180 元

74. 認識中藥	松下一成著	180 元
75. 認識氣的科學	佐佐木茂美著	180 元
76. 我戰勝了癌症	安田伸著	180 元
77. 斑點是身心的危險信號	中野進著	180 元
78. 艾波拉病毒大震撼	玉川重德著	180 元
79. 重新還我黑髮	桑名隆一郎著	180 元
80. 身體節律與健康	林博史著	180 元
81. 生薑治萬病	石原結實著	180 元
82. 靈芝治百病	陳瑞東著	180 元
83. 木炭驚人的威力	大槻彰著	200 元
84. 認識活性氧	井土貴司著	180 元
85. 深海鮫治百病	廖玉山編著	180 元
86. 神奇的蜂王乳	井上丹治著	180 元
87. 卡拉 OK 健腦法	東潔著	180 元
88. 卡拉 OK 健康法	福田伴男著	180 元
89. 醫藥與生活(二)	鄭炳全著	200 元
90. 洋蔥治百病	宮尾興平著	180 元
91. 年輕 10 歲快步健康法	石塚忠雄著	180 元
92. 石榴的驚人神效	岡本順子著	180 元
93. 飲料健康法	白鳥早奈英著	180 元
94. 健康棒體操	劉名揚編譯	180 元
95. 催眠健康法	蕭京凌編著	180 元
96. 鬱金（美王）治百病	水野修一著	180 元

・實用女性學講座・電腦編號 19

1. 解讀女性內心世界	島田一男著	150 元
2. 塑造成熟的女性	島田一男著	150 元
3. 女性整體裝扮學	黃靜香編著	180 元
4. 女性應對禮儀	黃靜香編著	180 元
5. 女性婚前必修	小野十傳著	200 元
6. 徹底瞭解女人	田口二州著	180 元
7. 拆穿女性謊言 88 招	島田一男著	200 元
8. 解讀女人心	島田一男著	200 元
9. 俘獲女性絕招	志賀貢著	200 元
10. 愛情的壓力解套	中村理英子著	200 元
11. 妳是人見人愛的女孩	廖松濤編著	200 元

・校園系列・電腦編號 20

1. 讀書集中術	多湖輝著	150 元
2. 應考的訣竅	多湖輝著	150 元
3. 輕鬆讀書贏得聯考	多湖輝著	150 元

4. 讀書記憶秘訣	多湖輝著	150 元
5. 視力恢復！超速讀術	江錦雲譯	180 元
6. 讀書 36 計	黃柏松編著	180 元
7. 驚人的速讀術	鐘文訓編著	170 元
8. 學生課業輔導良方	多湖輝著	180 元
9. 超速讀超記憶法	廖松濤編著	180 元
10. 速算解題技巧	宋釗宜編著	200 元
11. 看圖學英文	陳炳崑編著	200 元
12. 讓孩子最喜歡數學	沈永嘉譯	180 元
13. 催眠記憶術	林碧清譯	180 元
14. 催眠速讀術	林碧清譯	180 元

・實用心理學講座・電腦編號 21

1. 拆穿欺騙伎倆	多湖輝著	140 元
2. 創造好構想	多湖輝著	140 元
3. 面對面心理術	多湖輝著	160 元
4. 偽裝心理術	多湖輝著	140 元
5. 透視人性弱點	多湖輝著	140 元
6. 自我表現術	多湖輝著	180 元
7. 不可思議的人性心理	多湖輝著	180 元
8. 催眠術入門	多湖輝著	150 元
9. 責罵部屬的藝術	多湖輝著	150 元
10. 精神力	多湖輝著	150 元
11. 厚黑說服術	多湖輝著	150 元
12. 集中力	多湖輝著	150 元
13. 構想力	多湖輝著	150 元
14. 深層心理術	多湖輝著	160 元
15. 深層語言術	多湖輝著	160 元
16. 深層說服術	多湖輝著	180 元
17. 掌握潛在心理	多湖輝著	160 元
18. 洞悉心理陷阱	多湖輝著	180 元
19. 解讀金錢心理	多湖輝著	180 元
20. 拆穿語言圈套	多湖輝著	180 元
21. 語言的內心玄機	多湖輝著	180 元
22. 積極力	多湖輝著	180 元

・超現實心理講座・電腦編號 22

1. 超意識覺醒法	詹蔚芬編譯	130 元
2. 護摩秘法與人生	劉名揚編譯	130 元
3. 秘法！超級仙術入門	陸明譯	150 元
4. 給地球人的訊息	柯素娥編著	150 元

5. 密教的神通力	劉名揚編著	130元
6. 神秘奇妙的世界	平川陽一著	200元
7. 地球文明的超革命	吳秋嬌譯	200元
8. 力量石的秘密	吳秋嬌譯	180元
9. 超能力的靈異世界	馬小莉譯	200元
10. 逃離地球毀滅的命運	吳秋嬌譯	200元
11. 宇宙與地球終結之謎	南山宏著	200元
12. 驚世奇功揭秘	傅起鳳著	200元
13. 啟發身心潛力心象訓練法	栗田昌裕著	180元
14. 仙道術遁甲法	高藤聰一郎著	220元
15. 神通力的秘密	中岡俊哉著	180元
16. 仙人成仙術	高藤聰一郎著	200元
17. 仙道符咒氣功法	高藤聰一郎著	220元
18. 仙道風水術尋龍法	高藤聰一郎著	200元
19. 仙道奇蹟超幻像	高藤聰一郎著	200元
20. 仙道鍊金術房中法	高藤聰一郎著	200元
21. 奇蹟超醫療治癒難病	深野一幸著	220元
22. 揭開月球的神秘力量	超科學研究會	180元
23. 西藏密教奧義	高藤聰一郎著	250元
24. 改變你的夢術入門	高藤聰一郎著	250元
25. 21世紀拯救地球超技術	深野一幸著	250元

·養生保健·電腦編號23

1. 醫療養生氣功	黃孝寬著	250元
2. 中國氣功圖譜	余功保著	230元
3. 少林醫療氣功精粹	井玉蘭著	250元
4. 龍形實用氣功	吳大才等著	220元
5. 魚戲增視強身氣功	宮　嬰著	220元
6. 嚴新氣功	前新培金著	250元
7. 道家玄牝氣功	張　章著	200元
8. 仙家秘傳袪病功	李遠國著	160元
9. 少林十大健身功	秦慶豐著	180元
10. 中國自控氣功	張明武著	250元
11. 醫療防癌氣功	黃孝寬著	250元
12. 醫療強身氣功	黃孝寬著	250元
13. 醫療點穴氣功	黃孝寬著	250元
14. 中國八卦如意功	趙維漢著	180元
15. 正宗馬禮堂養氣功	馬禮堂著	420元
16. 秘傳道家筋經內丹功	王慶餘著	280元
17. 三元開慧功	辛桂林著	250元
18. 防癌治癌新氣功	郭　林著	180元
19. 禪定與佛家氣功修煉	劉天君著	200元
20. 顛倒之術	梅自強著	360元

21. 簡明氣功辭典	吳家駿編	360 元
22. 八卦三合功	張全亮著	230 元
23. 朱砂掌健身養生功	楊永著	250 元
24. 抗老功	陳九鶴著	230 元
25. 意氣按穴排濁自療法	黃啟運編著	250 元
26. 陳式太極拳養生功	陳正雷著	200 元
27. 健身祛病小功法	王培生著	200 元
28. 張式太極混元功	張春銘著	250 元

・社會人智囊・電腦編號 24

1. 糾紛談判術	清水增三著	160 元
2. 創造關鍵術	淺野八郎著	150 元
3. 觀人術	淺野八郎著	180 元
4. 應急詭辯術	廖英迪編著	160 元
5. 天才家學習術	木原武一著	160 元
6. 貓型狗式鑑人術	淺野八郎著	180 元
7. 逆轉運掌握術	淺野八郎著	180 元
8. 人際圓融術	澀谷昌三著	160 元
9. 解讀人心術	淺野八郎著	180 元
10. 與上司水乳交融術	秋元隆司著	180 元
11. 男女心態定律	小田晉著	180 元
12. 幽默說話術	林振輝編著	200 元
13. 人能信賴幾分	淺野八郎著	180 元
14. 我一定能成功	李玉瓊譯	180 元
15. 獻給青年的嘉言	陳蒼杰譯	180 元
16. 知人、知面、知其心	林振輝編著	180 元
17. 塑造堅強的個性	坂上肇著	180 元
18. 為自己而活	佐藤綾子著	180 元
19. 未來十年與愉快生活有約	船井幸雄著	180 元
20. 超級銷售話術	杜秀卿譯	180 元
21. 感性培育術	黃靜香編著	180 元
22. 公司新鮮人的禮儀規範	蔡媛惠譯	180 元
23. 傑出職員鍛鍊術	佐佐木正著	180 元
24. 面談獲勝戰略	李芳黛譯	180 元
25. 金玉良言撼人心	森純大著	180 元
26. 男女幽默趣典	劉華亭編著	180 元
27. 機智說話術	劉華亭編著	180 元
28. 心理諮商室	柯素娥譯	180 元
29. 如何在公司崢嶸頭角	佐佐木正著	180 元
30. 機智應對術	李玉瓊編著	200 元
31. 克服低潮良方	坂野雄二著	180 元
32. 智慧型說話技巧	沈永嘉編著	180 元
33. 記憶力、集中力增進術	廖松濤編著	180 元

34. 女職員培育術 林慶旺編著 180元
35. 自我介紹與社交禮儀 柯素娥編著 180元
36. 積極生活創幸福 田中真澄著 180元
37. 妙點子超構想 多湖輝著 180元
38. 說NO的技巧 廖玉山編著 180元
39. 一流說服力 李玉瓊編著 180元
40. 般若心經成功哲學 陳鴻蘭編著 180元
41. 訪問推銷術 黃靜香編著 180元
42. 男性成功秘訣 陳蒼杰編著 180元
43. 笑容、人際智商 宮川澄子著 180元
44. 多湖輝的構想工作室 多湖輝著 200元
45. 名人名語啟示錄 喬家楓著 180元
46. 口才必勝術 黃柏松編著 220元
47. 能言善道的說話術 章智冠編著 180元

・精 選 系 列・電腦編號 25

1. 毛澤東與鄧小平 渡邊利夫等著 280元
2. 中國大崩裂 江戶介雄著 180元
3. 台灣・亞洲奇蹟 上村幸治著 220元
4. 7-ELEVEN 高盈收策略 國友隆一著 180元
5. 台灣獨立（新・中國日本戰爭一） 森詠著 200元
6. 迷失中國的末路 江戶雄介著 220元
7. 2000年5月全世界毀滅 紫藤甲子男著 180元
8. 失去鄧小平的中國 小島朋之著 220元
9. 世界史爭議性異人傳 桐生操著 200元
10. 淨化心靈享人生 松濤弘道著 220元
11. 人生心情診斷 賴藤和寬著 220元
12. 中美大決戰 檜山良昭著 220元
13. 黃昏帝國美國 莊雯琳譯 220元
14. 兩岸衝突（新・中國日本戰爭二） 森詠著 220元
15. 封鎖台灣（新・中國日本戰爭三） 森詠著 220元
16. 中國分裂（新・中國日本戰爭四） 森詠著 220元
17. 由女變男的我 虎井正衛著 200元
18. 佛學的安心立命 松濤弘道著 220元
19. 世界喪禮大觀 松濤弘道著 280元

・運 動 遊 戲・電腦編號 26

1. 雙人運動 李玉瓊譯 160元
2. 愉快的跳繩運動 廖玉山譯 180元
3. 運動會項目精選 王佑京譯 150元
4. 肋木運動 廖玉山譯 150元

5. 測力運動	王佑宗譯	150 元
6. 游泳入門	唐桂萍編著	200 元

・休閒娛樂・電腦編號 27

1. 海水魚飼養法	田中智浩著	300 元
2. 金魚飼養法	曾雪玫譯	250 元
3. 熱門海水魚	毛利匡明著	480 元
4. 愛犬的教養與訓練	池田好雄著	250 元
5. 狗教養與疾病	杉浦哲著	220 元
6. 小動物養育技巧	三上昇著	300 元
7. 水草選擇、培育、消遣	安齊裕司著	300 元
20. 園藝植物管理	船越亮二著	220 元
40. 撲克牌遊戲與贏牌秘訣	林振輝編著	180 元
41. 撲克牌魔術、算命、遊戲	林振輝編著	180 元
42. 撲克占卜入門	王家成編著	180 元
50. 兩性幽默	幽默選集編輯組	180 元
51. 異色幽默	幽默選集編輯組	180 元

・銀髮族智慧學・電腦編號 28

1. 銀髮六十樂逍遙	多湖輝著	170 元
2. 人生六十反年輕	多湖輝著	170 元
3. 六十歲的決斷	多湖輝著	170 元
4. 銀髮族健身指南	孫瑞台編著	250 元
5. 退休後的夫妻健康生活	施聖茹譯	200 元

・飲食保健・電腦編號 29

1. 自己製作健康茶	大海淳著	220 元
2. 好吃、具藥效茶料理	德永睦子著	220 元
3. 改善慢性病健康藥草茶	吳秋嬌譯	200 元
4. 藥酒與健康果菜汁	成玉編著	250 元
5. 家庭保健養生湯	馬汴梁編著	220 元
6. 降低膽固醇的飲食	早川和志著	200 元
7. 女性癌症的飲食	女子營養大學	280 元
8. 痛風者的飲食	女子營養大學	280 元
9. 貧血者的飲食	女子營養大學	280 元
10. 高脂血症者的飲食	女子營養大學	280 元
11. 男性癌症的飲食	女子營養大學	280 元
12. 過敏者的飲食	女子營養大學	280 元
13. 心臟病的飲食	女子營養大學	280 元
14. 滋陰壯陽的飲食	王增著	220 元

15. 胃、十二指腸潰瘍的飲食　勝健一等著　280 元
16. 肥胖者的飲食　雨宮禎子等著　280 元

・家庭醫學保健・ 電腦編號 30

1. 女性醫學大全	雨森良彥著	380 元
2. 初為人父育兒寶典	小瀧周曹著	220 元
3. 性活力強健法	相建華著	220 元
4. 30 歲以上的懷孕與生產	李芳黛編著	220 元
5. 舒適的女性更年期	野末悅子著	200 元
6. 夫妻前戲的技巧	笠井寬司著	200 元
7. 病理足穴按摩	金慧明著	220 元
8. 爸爸的更年期	河野孝旺著	200 元
9. 橡皮帶健康法	山田晶著	180 元
10. 三十三天健美減肥	相建華等著	180 元
11. 男性健美入門	孫玉祿編著	180 元
12. 強化肝臟秘訣	主婦の友社編	200 元
13. 了解藥物副作用	張果馨譯	200 元
14. 女性醫學小百科	松山榮吉著	200 元
15. 左轉健康法	龜田修等著	200 元
16. 實用天然藥物	鄭炳全編著	260 元
17. 神秘無痛平衡療法	林宗駛著	180 元
18. 膝蓋健康法	張果馨譯	180 元
19. 針灸治百病	葛書翰著	250 元
20. 異位性皮膚炎治癒法	吳秋嬌譯	220 元
21. 禿髮白髮預防與治療	陳炳崑編著	180 元
22. 埃及皇宮菜健康法	飯森薰著	200 元
23. 肝臟病安心治療	上野幸久著	220 元
24. 耳穴治百病	陳抗美等著	250 元
25. 高效果指壓法	五十嵐康彥著	200 元
26. 瘦水、胖水	鈴木園子著	200 元
27. 手針新療法	朱振華著	200 元
28. 香港腳預防與治療	劉小惠譯	250 元
29. 智慧飲食吃出健康	柯富陽編著	200 元
30. 牙齒保健法	廖玉山編著	200 元
31. 恢復元氣養生食	張果馨譯	200 元
32. 特效推拿按摩術	李玉田著	200 元
33. 一週一次健康法	若狹真著	200 元
34. 家常科學膳食	大塚滋著	220 元
35. 夫妻們關心的男性不孕	原利夫著	220 元
36. 自我瘦身美容	馬野詠子著	200 元
37. 魔法姿勢益健康	五十嵐康彥著	200 元
38. 眼病錘療法	馬栩周著	200 元
39. 預防骨質疏鬆症	藤田拓男著	200 元

40. 骨質增生效驗方	李吉茂編著	250 元
41. 蕺菜健康法	小林正夫著	200 元
42. 赧於啟齒的男性煩惱	增田豐著	220 元
43. 簡易自我健康檢查	稻葉允著	250 元
44. 實用花草健康法	友田純子著	200 元
45. 神奇的手掌療法	日比野喬著	230 元
46. 家庭式三大穴道療法	刑部忠和著	200 元
47. 子宮癌、卵巢癌	岡島弘幸著	220 元
48. 糖尿病機能性食品	劉雪卿編著	220 元
49. 奇蹟活現經脈美容法	林振輝編譯	200 元
50. Super SEX	秋好憲一著	220 元
51. 了解避孕丸	林玉佩譯	200 元
52. 有趣的遺傳學	蕭京凌編著	200 元
53. 強身健腦手指運動	羅群等著	250 元

・超經營新智慧・電腦編號 31

1. 躍動的國家越南	林雅倩譯	250 元
2. 甦醒的小龍菲律賓	林雅倩譯	220 元
3. 中國的危機與商機	中江要介著	250 元
4. 在印度的成功智慧	山內利男著	220 元
5. 7-ELEVEN 大革命	村上豐道著	200 元
6. 業務員成功秘方	呂育清編著	200 元
7. 在亞洲成功的智慧	鈴木讓二著	220 元

・親子系列・電腦編號 32

1. 如何使孩子出人頭地	多湖輝著	200 元
2. 心靈啟蒙教育	多湖輝著	280 元

・雅致系列・電腦編號 33

1. 健康食譜春冬篇	丸元淑生著	200 元
2. 健康食譜夏秋篇	丸元淑生著	200 元
3. 純正家庭料理	陳建民等著	200 元
4. 家庭四川菜	陳建民著	200 元
5. 醫食同源健康美食	郭長聚著	200 元
6. 家族健康食譜	東畑朝子著	200 元

・美術系列・電腦編號 34

1. 可愛插畫集	鉛筆等著	220 元
2. 人物插畫集	鉛筆等著	元

・心 靈 雅 集・電腦編號 00

1. 禪言佛語看人生	松濤弘道著	180 元
2. 禪密教的奧秘	葉逯謙譯	120 元
3. 觀音大法力	田口日勝著	120 元
4. 觀音法力的大功德	田口日勝著	120 元
5. 達摩禪 106 智慧	劉華亭編譯	220 元
6. 有趣的佛教研究	葉逯謙編譯	170 元
7. 夢的開運法	蕭京凌譯	130 元
8. 禪學智慧	柯素娥編譯	130 元
9. 女性佛教入門	許俐萍譯	110 元
10. 佛像小百科	心靈雅集編譯組	130 元
11. 佛教小百科趣談	心靈雅集編譯組	120 元
12. 佛教小百科漫談	心靈雅集編譯組	150 元
13. 佛教知識小百科	心靈雅集編譯組	150 元
14. 佛學名言智慧	松濤弘道著	220 元
15. 釋迦名言智慧	松濤弘道著	220 元
16. 活人禪	平田精耕著	120 元
17. 坐禪入門	柯素娥編譯	150 元
18. 現代禪悟	柯素娥編譯	130 元
19. 道元禪師語錄	心靈雅集編譯組	130 元
20. 佛學經典指南	心靈雅集編譯組	130 元
21. 何謂「生」阿含經	心靈雅集編譯組	150 元
22. 一切皆空　般若心經	心靈雅集編譯組	180 元
23. 超越迷惘　法句經	心靈雅集編譯組	130 元
24. 開拓宇宙觀　華嚴經	心靈雅集編譯組	180 元
25. 真實之道　法華經	心靈雅集編譯組	130 元
26. 自由自在　涅槃經	心靈雅集編譯組	130 元
27. 沈默的教示　維摩經	心靈雅集編譯組	150 元
28. 開通心眼　佛語佛戒	心靈雅集編譯組	130 元
29. 揭秘寶庫　密教經典	心靈雅集編譯組	180 元
30. 坐禪與養生	廖松濤譯	110 元
31. 釋尊十戒	柯素娥編譯	120 元
32. 佛法與神通	劉欣如編著	120 元
33. 悟（正法眼藏的世界）	柯素娥編譯	120 元
34. 只管打坐	劉欣如編著	120 元
35. 喬答摩・佛陀傳	劉欣如編著	120 元
36. 唐玄奘留學記	劉欣如編著	120 元
37. 佛教的人生觀	劉欣如編譯	110 元
38. 無門關(上卷)	心靈雅集編譯組	150 元
39. 無門關(下卷)	心靈雅集編譯組	150 元
40. 業的思想	劉欣如編著	130 元
41. 佛法難學嗎	劉欣如著	140 元

42. 佛法實用嗎	劉欣如著	140 元
43. 佛法殊勝嗎	劉欣如著	140 元
44. 因果報應法則	李常傳編	180 元
45. 佛教醫學的奧秘	劉欣如編著	150 元
46. 紅塵絕唱	海　若著	130 元
47. 佛教生活風情	洪丕謨、姜玉珍著	220 元
48. 行住坐臥有佛法	劉欣如著	160 元
49. 起心動念是佛法	劉欣如著	160 元
50. 四字禪語	曹洞宗青年會	200 元
51. 妙法蓮華經	劉欣如編著	160 元
52. 根本佛教與大乘佛教	葉作森編	180 元
53. 大乘佛經	定方晟著	180 元
54. 須彌山與極樂世界	定方晟著	180 元
55. 阿闍世的悟道	定方晟著	180 元
56. 金剛經的生活智慧	劉欣如著	180 元
57. 佛教與儒教	劉欣如編譯	180 元
58. 佛教史入門	劉欣如編譯	180 元
59. 印度佛教思想史	劉欣如編譯	200 元
60. 佛教與女姓	劉欣如編譯	180 元
61. 禪與人生	洪丕謨主編	260 元

・經 營 管 理・電腦編號 01

◎ 創新經營管理六十六大計(精)	蔡弘文編	780 元
1. 如何獲取生意情報	蘇燕謀譯	110 元
2. 經濟常識問答	蘇燕謀譯	130 元
4. 台灣商戰風雲錄	陳中雄著	120 元
5. 推銷大王秘錄	原一平著	180 元
6. 新創意・賺大錢	王家成譯	90 元
7. 工廠管理新手法	琪　輝著	120 元
10. 美國實業 24 小時	柯順隆譯	80 元
11. 撼動人心的推銷法	原一平著	150 元
12. 高竿經營法	蔡弘文編	120 元
13. 如何掌握顧客	柯順隆譯	150 元
17. 一流的管理	蔡弘文編	150 元
18. 外國人看中韓經濟	劉華亭譯	150 元
20. 突破商場人際學	林振輝編著	90 元
22. 如何使女人打開錢包	林振輝編著	100 元
24. 小公司經營策略	王嘉誠著	160 元
25. 成功的會議技巧	鐘文訓編譯	100 元
26. 新時代老闆學	黃柏松編著	100 元
27. 如何創造商場智囊團	林振輝編譯	150 元
28. 十分鐘推銷術	林振輝編譯	180 元
29. 五分鐘育才	黃柏松編譯	100 元

33. 自我經濟學	廖松濤編譯	100 元
34. 一流的經營	陶田生編著	120 元
35. 女性職員管理術	王昭國編譯	120 元
36. ＩＢＭ的人事管理	鐘文訓編譯	150 元
37. 現代電腦常識	王昭國編譯	150 元
38. 電腦管理的危機	鐘文訓編譯	120 元
39. 如何發揮廣告效果	王昭國編譯	150 元
40. 最新管理技巧	王昭國編譯	150 元
41. 一流推銷術	廖松濤編譯	150 元
42. 包裝與促銷技巧	王昭國編譯	130 元
43. 企業王國指揮塔	松下幸之助著	120 元
44. 企業精銳兵團	松下幸之助著	120 元
45. 企業人事管理	松下幸之助著	100 元
46. 華僑經商致富術	廖松濤編譯	130 元
47. 豐田式銷售技巧	廖松濤編譯	180 元
48. 如何掌握銷售技巧	王昭國編著	130 元
50. 洞燭機先的經營	鐘文訓編譯	150 元
52. 新世紀的服務業	鐘文訓編譯	100 元
53. 成功的領導者	廖松濤編譯	120 元
54. 女推銷員成功術	李玉瓊編譯	130 元
55. ＩＢＭ人才培育術	鐘文訓編譯	100 元
56. 企業人自我突破法	黃琪輝編著	150 元
58. 財富開發術	蔡弘文編著	130 元
59. 成功的店舖設計	鐘文訓編著	150 元
61. 企管回春法	蔡弘文編著	130 元
62. 小企業經營指南	鐘文訓編譯	100 元
63. 商場致勝名言	鐘文訓編譯	150 元
64. 迎接商業新時代	廖松濤編譯	100 元
66. 新手股票投資入門	何朝乾編著	200 元
67. 上揚股與下跌股	何朝乾編譯	180 元
68. 股票速成學	何朝乾編譯	200 元
69. 理財與股票投資策略	黃俊豪編著	180 元
70. 黃金投資策略	黃俊豪編著	180 元
71. 厚黑管理學	廖松濤編譯	180 元
72. 股市致勝格言	呂梅莎編譯	180 元
73. 透視西武集團	林谷燁編譯	150 元
76. 巡迴行銷術	陳蒼杰譯	150 元
77. 推銷的魔術	王嘉誠譯	120 元
78. 60 秒指導部屬	周蓮芬編譯	150 元
79. 精銳女推銷員特訓	李玉瓊編譯	130 元
80. 企劃、提案、報告圖表的技巧	鄭汶譯	180 元
81. 海外不動產投資	許達守編譯	150 元
82. 八百伴的世界策略	李玉瓊譯	150 元
83. 服務業品質管理	吳宜芬譯	180 元

84. 零庫存銷售	黃東謙編譯	150 元
85. 三分鐘推銷管理	劉名揚編譯	150 元
86. 推銷大王奮鬥史	原一平著	150 元
87. 豐田汽車的生產管理	林谷燁編譯	150 元

・成 功 寶 庫・電腦編號 02

1. 上班族交際術	江森滋著	100 元
2. 拍馬屁訣竅	廖玉山編譯	110 元
4. 聽話的藝術	歐陽輝編譯	110 元
9. 求職轉業成功術	陳義編著	110 元
10. 上班族禮儀	廖玉山編著	120 元
11. 接近心理學	李玉瓊編著	100 元
12. 創造自信的新人生	廖松濤編著	120 元
15. 神奇瞬間瞑想法	廖松濤編譯	100 元
16. 人生成功之鑰	楊意苓編著	150 元
19. 給企業人的諍言	鐘文訓編著	120 元
20. 企業家自律訓練法	陳義編譯	100 元
21. 上班族妖怪學	廖松濤編著	100 元
22. 猶太人縱橫世界的奇蹟	孟佑政編著	110 元
25. 你是上班族中強者	嚴思圖編著	100 元
30. 成功頓悟 100 則	蕭京凌編譯	130 元
32. 知性幽默	李玉瓊編譯	130 元
33. 熟記對方絕招	黃靜香編譯	100 元
37. 察言觀色的技巧	劉華亭編著	180 元
38. 一流領導力	施義彥編譯	120 元
40. 30 秒鐘推銷術	廖松濤編譯	150 元
42. 尖端時代行銷策略	陳蒼杰編著	100 元
43. 顧客管理學	廖松濤編著	100 元
44. 如何使對方說 Yes	程羲編著	150 元
47. 上班族口才學	楊鴻儒譯	120 元
48. 上班族新鮮人須知	程羲編著	120 元
49. 如何左右逢源	程羲編著	130 元
50. 語言的心理戰	多湖輝著	130 元
55. 性惡企業管理學	陳蒼杰譯	130 元
56. 自我啟發 200 招	楊鴻儒編著	150 元
57. 做個傑出女職員	劉名揚編著	130 元
58. 靈活的集團營運術	楊鴻儒編著	120 元
60. 個案研究活用法	楊鴻儒編著	130 元
61. 企業教育訓練遊戲	楊鴻儒編著	120 元
62. 管理者的智慧	程義編譯	130 元
63. 做個佼佼管理者	馬筱莉編譯	130 元
67. 活用禪學於企業	柯素娥編譯	130 元
69. 幽默詭辯術	廖玉山編譯	150 元

70. 拿破崙智慧箴言	柯素娥編譯	130 元
71. 自我培育・超越	蕭京凌編譯	150 元
74. 時間即一切	沈永嘉編譯	130 元
75. 自我脫胎換骨	柯素娥譯	150 元
76. 贏在起跑點　人才培育鐵則	楊鴻儒編譯	150 元
77. 做一枚活棋	李玉瓊編譯	130 元
78. 面試成功戰略	柯素娥編譯	130 元
81. 瞬間攻破心防法	廖玉山編譯	120 元
82. 改變一生的名言	李玉瓊編譯	130 元
83. 性格性向創前程	楊鴻儒編譯	130 元
84. 訪問行銷新竅門	廖玉山編譯	150 元
85. 無所不達的推銷話術	李玉瓊編譯	150 元

・處　世　智　慧・電腦編號 03

1. 如何改變你自己	陸明編譯	120 元
6. 靈感成功術	譚繼山編譯	80 元
8. 扭轉一生的五分鐘	黃柏松編譯	100 元
10. 現代人的詭計	林振輝譯	100 元
14. 女性的智慧	譚繼山編譯	90 元
16. 人生的體驗	陸明編譯	80 元
18. 幽默吹牛術	金子登著	90 元
24. 慧心良言	亦奇著	80 元
25. 名家慧語	蔡逸鴻主編	90 元
28. 如何發揮你的潛能	陸明編譯	90 元
29. 女人身態語言學	李常傳譯	130 元
30. 摸透女人心	張文志譯	90 元
32. 給女人的悄悄話	妮倩編譯	90 元
36. 成功的捷徑	鐘文訓譯	70 元
37. 幽默逗笑術	林振輝著	120 元
38. 活用血型讀書法	陳炳崑譯	80 元
39. 心　燈	葉于模著	100 元
41. 心・體・命運	蘇燕謀譯	70 元
43. 宮本武藏五輪書金言錄	宮本武藏著	100 元
47. 成熟的愛	林振輝譯	120 元
48. 現代女性駕馭術	蔡德華著	90 元
49. 禁忌遊戲	酒井潔著	90 元
53. 如何達成願望	謝世輝著	90 元
54. 創造奇蹟的「想念法」	謝世輝著	90 元
55. 創造成功奇蹟	謝世輝著	90 元
57. 幻想與成功	廖松濤譯	80 元
58. 反派角色的啟示	廖松濤編譯	70 元
59. 現代女性須知	劉華亭編著	75 元
62. 如何突破內向	姜倩怡編譯	110 元

64. 讀心術入門	王家成編譯	100 元
65. 如何解除內心壓力	林美羽編著	110 元
66. 取信於人的技巧	多湖輝著	110 元
68. 自我能力的開拓	卓一凡編著	110 元
70. 縱橫交涉術	嚴思圖編著	90 元
71. 如何培養妳的魅力	劉文珊編著	90 元
75. 個性膽怯者的成功術	廖松濤編譯	100 元
76. 人性的光輝	文可式編著	90 元
79. 培養靈敏頭腦秘訣	廖玉山編著	90 元
80. 夜晚心理術	鄭秀美編譯	80 元
81. 如何做個成熟的女性	李玉瓊編著	80 元
82. 現代女性成功術	劉文珊編著	90 元
83. 成功說話技巧	梁惠珠編譯	100 元
84. 人生的真諦	鐘文訓編譯	100 元
87. 指尖・頭腦體操	蕭京凌編譯	90 元
88. 電話應對禮儀	蕭京凌編著	120 元
89. 自我表現的威力	廖松濤編譯	100 元
91. 男與女的哲思	程鐘梅編譯	110 元
92. 靈思慧語	牧風著	110 元
93. 心靈夜語	牧風著	100 元
94. 激盪腦力訓練	廖松濤編譯	100 元
95. 三分鐘頭腦活性法	廖玉山編譯	110 元
96. 星期一的智慧	廖玉山編譯	100 元
97. 溝通說服術	賴文琇編譯	100 元

・健康與美容・電腦編號 04

3. 媚酒傳(中國王朝秘酒)	陸明主編	120 元
5. 中國回春健康術	蔡一藩著	100 元
6. 奇蹟的斷食療法	蘇燕謀譯	130 元
8. 健美食物法	陳炳崑譯	120 元
9. 驚異的漢方療法	唐龍編著	90 元
10. 不老強精食	唐龍編著	100 元
12. 五分鐘跳繩健身法	蘇明達譯	100 元
13. 睡眠健康法	王家成譯	80 元
14. 你就是名醫	張芳明譯	90 元
19. 釋迦長壽健康法	譚繼山譯	90 元
20. 腳部按摩健康法	譚繼山譯	120 元
21. 自律健康法	蘇明達譯	90 元
23. 身心保健座右銘	張仁福著	160 元
24. 腦中風家庭看護與運動治療	林振輝譯	100 元
25. 秘傳醫學人相術	成玉主編	120 元
26. 導引術入門(1)治療慢性病	成玉主編	110 元
27. 導引術入門(2)健康・美容	成玉主編	110 元

28. 導引術入門(3)身心健康法	成玉主編	110 元
29. 妙用靈藥・蘆薈	李常傳譯	150 元
30. 萬病回春百科	吳通華著	150 元
31. 初次懷孕的 10 個月	成玉編譯	130 元
32. 中國秘傳氣功治百病	陳炳崑編譯	130 元
35. 仙人長生不老學	陸明編譯	100 元
36. 釋迦秘傳米粒刺激法	鐘文訓譯	120 元
37. 痔・治療與預防	陸明編譯	130 元
38. 自我防身絕技	陳炳崑編譯	120 元
39. 運動不足時疲勞消除法	廖松濤譯	110 元
40. 三溫暖健康法	鐘文訓編譯	90 元
43. 維他命與健康	鐘文訓譯	150 元
45. 森林浴一綠的健康法	劉華亭編譯	80 元
47. 導引術入門(4)酒浴健康法	成玉主編	90 元
48. 導引術入門(5)不老回春法	成玉主編	90 元
49. 山白竹(劍竹)健康法	鐘文訓譯	90 元
50. 解救你的心臟	鐘文訓編譯	100 元
52. 超人氣功法	陸明編譯	110 元
54. 借力的奇蹟(1)	力拔山著	100 元
55. 借力的奇蹟(2)	力拔山著	100 元
56. 五分鐘小睡健康法	呂添發撰	120 元
59. 艾草健康法	張汝明編譯	90 元
60. 一分鐘健康診斷	蕭京凌編譯	90 元
61. 念術入門	黃靜香編譯	90 元
62. 念術健康法	黃靜香編譯	90 元
63. 健身回春法	梁惠珠編譯	100 元
64. 姿勢養生法	黃秀娟編譯	90 元
65. 仙人瞑想法	鐘文訓譯	120 元
66. 人蔘的神效	林慶旺譯	100 元
67. 奇穴治百病	吳通華著	120 元
68. 中國傳統健康法	靳海東著	100 元
71. 酵素健康法	楊皓編譯	120 元
73. 腰痛預防與治療	五味雅吉著	130 元
74. 如何預防心臟病・腦中風	譚定長等著	100 元
75. 少女的生理秘密	蕭京凌譯	120 元
76. 頭部按摩與針灸	楊鴻儒譯	100 元
77. 雙極療術入門	林聖道著	100 元
78. 氣功自療法	梁景蓮著	120 元
79. 大蒜健康法	李玉瓊編譯	120 元
81. 健胸美容秘訣	黃靜香譯	120 元
82. 鍺奇蹟療效	林宏儒譯	120 元
83. 三分鐘健身運動	廖玉山譯	120 元
84. 尿療法的奇蹟	廖玉山譯	120 元
85. 神奇的聚積療法	廖玉山譯	120 元

86. 預防運動傷害伸展體操	楊鴻儒編譯	120元
88. 五日就能改變你	柯素娥譯	110元
89. 三分鐘氣功健康法	陳美華譯	120元
91. 道家氣功術	早島正雄著	130元
92. 氣功減肥術	早島正雄著	120元
93. 超能力氣功法	柯素娥譯	130元
94. 氣的瞑想法	早島正雄著	120元

・家 庭/生 活・電腦編號05

1. 單身女郎生活經驗談	廖玉山編著	100元
2. 血型・人際關係	黃靜編著	120元
3. 血型・妻子	黃靜編著	110元
4. 血型・丈夫	廖玉山編譯	130元
5. 血型・升學考試	沈永嘉編譯	120元
6. 血型・臉型・愛情	鐘文訓編譯	120元
7. 現代社交須知	廖松濤編譯	100元
8. 簡易家庭按摩	鐘文訓編譯	150元
9. 圖解家庭看護	廖玉山編譯	120元
10. 生男育女隨心所欲	岡正基編著	160元
11. 家庭急救治療法	鐘文訓編著	100元
12. 新孕婦體操	林曉鐘譯	120元
13. 從食物改變個性	廖玉山編譯	100元
14. 藥草的自然療法	東城百合子著	200元
15. 糙米菜食與健康料理	東城百合子著	180元
16. 現代人的婚姻危機	黃靜編著	90元
17. 親子遊戲 0歲	林慶旺編譯	100元
18. 親子遊戲 1～2歲	林慶旺編譯	110元
19. 親子遊戲 3歲	林慶旺編譯	100元
20. 女性醫學新知	林曉鐘編譯	180元
21. 媽媽與嬰兒	張汝明編譯	180元
22. 生活智慧百科	黃靜編譯	100元
23. 手相・健康・你	林曉鐘編譯	120元
24. 菜食與健康	張汝明編譯	110元
25. 家庭素食料理	陳東達著	140元
26. 性能力活用秘法	米開・尼里著	150元
27. 兩性之間	林慶旺編譯	120元
28. 性感經穴健康法	蕭京凌編譯	150元
29. 幼兒推拿健康法	蕭京凌編譯	100元
30. 談中國料理	丁秀山編著	100元
31. 舌技入門	增田豐著	160元
32. 預防癌症的飲食法	黃靜香編譯	150元
33. 性與健康寶典	黃靜香編譯	180元
34. 正確避孕法	蕭京凌編譯	180元

35. 吃的更漂亮美容食譜	楊萬里著	120 元
36. 圖解交際舞速成	鐘文訓編譯	150 元
37. 觀相導引術	沈永嘉譯	130 元
38. 初為人母 12 個月	陳義譯	200 元
39. 圖解麻將入門	顧安行編譯	180 元
40. 麻將必勝秘訣	石利夫編譯	180 元
41. 女性一生與漢方	蕭京凌編譯	100 元
42. 家電的使用與修護	鐘文訓編譯	160 元
43. 錯誤的家庭醫療法	鐘文訓編譯	100 元
44. 簡易防身術	陳慧珍編譯	150 元
45. 茶健康法	鐘文訓編譯	130 元
46. 雞尾酒大全	劉雪卿譯	180 元
47. 生活的藝術	沈永嘉編著	120 元
48. 雜草雜果健康法	沈永嘉編著	120 元
49. 如何選擇理想妻子	荒谷慈著	110 元
50. 如何選擇理想丈夫	荒谷慈著	110 元
51. 中國食與性的智慧	根本光人著	150 元
52. 開運法話	陳宏男譯	100 元
53. 禪語經典＜上＞	平田精耕著	150 元
54. 禪語經典＜下＞	平田精耕著	150 元
55. 手掌按摩健康法	鐘文訓譯	180 元
56. 腳底按摩健康法	鐘文訓譯	180 元
57. 仙道運氣健身法	李玉瓊譯	150 元
58. 健心、健體呼吸法	蕭京凌譯	120 元
59. 自彊術入門	蕭京凌譯	120 元
60. 指技入門	增田豐著	160 元
61. 下半身鍛鍊法	增田豐著	180 元
62. 表象式學舞法	黃靜香編譯	180 元
63. 圖解家庭瑜伽	鐘文訓譯	130 元
64. 食物治療寶典	黃靜香編譯	130 元
65. 智障兒保育入門	楊鴻儒譯	130 元
66. 自閉兒童指導入門	楊鴻儒譯	180 元
67. 乳癌發現與治療	黃靜香譯	130 元
68. 盆栽培養與欣賞	廖啟新編譯	180 元
69. 世界手語入門	蕭京凌編譯	180 元
70. 賽馬必勝法	李錦雀編譯	200 元
71. 中藥健康粥	蕭京凌編譯	120 元
72. 健康食品指南	劉文珊編譯	130 元
73. 健康長壽飲食法	鐘文訓編譯	150 元
74. 夜生活規則	增田豐著	160 元
75. 自製家庭食品	鐘文訓編譯	200 元
76. 仙道帝王招財術	廖玉山譯	130 元
77. 「氣」的蓄財術	劉名揚譯	130 元
78. 佛教健康法入門	劉名揚譯	130 元

79. 男女健康醫學	郭汝蘭譯	150 元
80. 成功的果樹培育法	張煌編譯	130 元
81. 實用家庭菜園	孔翔儀編譯	130 元
82. 氣與中國飲食法	柯素娥編譯	130 元
83. 世界生活趣譚	林其英著	160 元
84. 胎教二八〇天	鄭淑美譯	220 元
85. 酒自己動手釀	柯素娥編著	160 元
86. 自己動「手」健康法	劉雪卿譯	160 元
87. 香味活用法	森田洋子著	160 元
88. 寰宇趣聞搜奇	林其英著	200 元
89. 手指回旋健康法	栗田昌裕著	200 元
90. 家庭巧妙收藏	蘇秀玉譯	200 元
91. 餐桌禮儀入門	風間璋子著	200 元
92. 住宅設計要訣	吉田春美著	200 元

・命理與預言・電腦編號 06

1. 12 星座算命術	訪星珠著	200 元
2. 中國式面相學入門	蕭京凌編著	180 元
3. 圖解命運學	陸明編著	200 元
4. 中國秘傳面相術	陳炳崑編著	180 元
5. 13 星座占星術	馬克・矢崎著	200 元
6. 命名彙典	水雲居士編著	180 元
7. 簡明紫微斗術命運學	唐龍編著	220 元
8. 住宅風水吉凶判斷法	琪輝編譯	180 元
9. 鬼谷算命秘術	鬼谷子著	200 元
10. 密教開運咒法	中岡俊哉著	250 元
11. 女性星魂術	岩滿羅門著	200 元
12. 簡明四柱推命學	呂昌釧編著	230 元
13. 手相鑑定奧秘	高山東明著	200 元
14. 簡易精確手相	高山東明著	200 元
15. 13 星座戀愛占卜	彤雲編譯組	200 元
16. 女巫的咒法	柯素娥譯	230 元
17. 六星命運占卜學	馬文莉編著	230 元
18. 簡明易占學	黃曉崧編著	230 元
19. A血型與十二生肖	鄒雲英編譯	90 元
20. B血型與十二生肖	鄒雲英編譯	90 元
21. O血型與十二生肖	鄒雲英編譯	100 元
22. AB血型與十二生肖	鄒雲英編譯	90 元
23. 筆跡占卜學	周子敬著	220 元
24. 神秘消失的人類	林達中譯	80 元
25. 世界之謎與怪談	陳炳崑譯	80 元
26. 符咒術入門	柳玉山人編	150 元
27. 神奇的白符咒	柳玉山人編	160 元

28. 神奇的紫符咒	柳玉山人編	200元
29. 秘咒魔法開運術	吳慧鈴編譯	180元
30. 諾米空秘咒法	馬克・矢崎編著	220元
31. 改變命運的手相術	鐘文訓著	120元
32. 黃帝手相占術	鮑黎明著	230元
33. 惡魔的咒法	杜美芳譯	230元
34. 腳相開運術	王瑞禎譯	130元
35. 面相開運術	許麗玲譯	150元
36. 房屋風水與運勢	邱震睿編譯	200元
37. 商店風水與運勢	邱震睿編譯	200元
38. 諸葛流天文遁甲	巫立華譯	150元
39. 聖帝五龍占術	廖玉山譯	180元
40. 萬能神算	張助馨編著	120元
41. 神秘的前世占卜	劉名揚譯	150元
42. 諸葛流奇門遁甲	巫立華譯	150元
43. 諸葛流四柱推命	巫立華譯	180元
44. 室內擺設創好運	小林祥晃著	200元
45. 室內裝潢開運法	小林祥晃著	230元
46. 新・大開運吉方位	小林祥晃著	200元
47. 風水的奧義	小林祥晃著	200元
48. 開運風水收藏術	小林祥晃著	200元
49. 商場開運風水術	小林祥晃著	200元
50. 骰子開運易占	立野清隆著	250元
51. 四柱推命愛情運	李芳黛譯	220元
52. 風水開運飲食法	小林祥晃著	200元
53. 最新簡易手相	小林八重子著	220元
54. 最新占術大全	高平鳴海著	300元
55. 庭園開運風水	小林祥晃著	220元
56. 人際關係風水術	小林祥晃著	220元

・教養特輯・電腦編號 07

1. 管教子女絕招	多湖輝著	70元
5. 如何教育幼兒	林振輝譯	80元
7. 關心孩子的眼睛	陸明編	70元
8. 如何生育優秀下一代	邱夢蕾編著	100元
10. 現代育兒指南	劉華亭編譯	90元
12. 如何培養自立的下一代	黃靜香編譯	80元
14. 教養孩子的母親暗示法	多湖輝編譯	90元
15. 奇蹟教養法	鐘文訓編譯	90元
16. 慈父嚴母的時代	多湖輝著	90元
17. 如何發現問題兒童的才智	林慶旺譯	100元
18. 再見！夜尿症	黃靜香編譯	90元
19. 育兒新智慧	黃靜編譯	90元

國家圖書館出版品預行編目資料

異色幽默／幽默選集編輯組 編著
—初版—臺北市，大展，民 87
面；21 公分—（休閒娛樂；51）
ISBN 957-557-872-4（平裝）

856.8　　87012197

ISBN 957-557-872-4

異色幽默

編 著 者／幽默選集編輯組
發 行 人／蔡　森　明
出 版 者／大展出版社有限公司
社　　址／台北市北投區（石牌）致遠一路二段12巷1號
電　　話／(02) 28236031・28236033
傳　　眞／(02) 28272069
郵政劃撥／0166955－1
登 記 證／局版臺業字第2171號
承 印 者／高星企業有限公司
裝　　訂／日新裝訂所
排 版 者／千兵企業有限公司
電　　話／(02) 28812643
初版 1 刷／1992年（民81年）4月
2 版 1 刷／1998年（民87年）12月
2　　刷／1999年（民88年）6月　　定　　價／180元